KB106746

생명의 근원 바다여 영원하라

바닷모래 채취금지를 위한 우리들의 합창

이시환 외 71인의 문학·예술인이 함께 지음

신세림출판사

생명의 근원, 바다여 영원하라

바닷모래 채취금지를 위한 우리들의 합창

자연과 인간 문명의 상생(相生)을 위한 조화(調和)가 실현되기를

「동방문학」통권 제84호에 정정길 시인의 작품「葬送! 바닷모래여! 痛哭哀哭」이란 시 한 편이 실렸었는데, 나는 이 작품을 보고 깜짝 놀랐었다. 도대체, 무엇 때문에 시인이 격분하여 바닷모래 채취를 금지해야 한다고, 바닷모래 채취 때문에 바다가 다 죽어가고 있다고 외쳐대는지 전혀 몰랐었기 때문이다. 바닷모래하면, 우리는 동해·남해·서해 등의 해수욕장의 백사장을 먼저 떠올리게 마련이고, 하나가 더 있다면 과거에 대단위아파트단지를 건설할 때에 모래 수급이 달려서 바닷모래를 사용했다는 사실과, 그로 인해서 콘크리트 벽에서 염분이 스며 나올 뿐 아니라 철근을 쉽게 부식시킬 수 있다는 우려 섞인 소리가 있었다는 사실 정도만 알고 있을 뿐이다.

그런데 자료에 의하면, 우리나라 '배타적 경제수역'과 '연안'에서 2018년 현재까지 서울 남산의 3.5배 정도 되는 양의 바닷모래를 퍼 올려 사용했다 하니 잘 보이지는 않지만 바다의 속이 꽤 많이 훼손되었으리라는 사실을 어렵지 않게 짐작할 수는 있다. 실제로, 바닷모래를 퍼 올리는 과정과 그 결과를 놓고 보면, 바다 속에서는 실로 엄청난 변화가 일어나고 있고, 그 변화로 인해서 바다 자체가 황폐화되어감에 따라 바다를 삶의 터전으로 살아가는 어민들은 피해 직격탄을 맞고 있다. 뿐만 아니라, 없어지고 파헤쳐진 바닷모래 때문에 해안선의 붕괴와 변형이 초래되는 상황을 생각한다면 골재(骨材)로서 사용하기 위한 바닷모래 채취는 장기적인 안목을 가지고 근본적으로 손익계산부터 다시 해보아야 할 것이다.

이러한 현실적 상황 하에서 어민들의 탄식과 원성을 듣자하니 남의 일만도 아니고, 넓은 의미의 '자연환경보호' 내지는 '지구생명 지키기'이므로, 동방문학을 중심으로 활동하고 있는 문학인·서예인·화가·사진작가 등이 바닷모래 채취 관련 자료를 뒤적이고, 현장에서 관찰하고, 세미나를 갖는 등 일련의 과정을 거쳐서 작품들을 창작하고, 단행본 책을 출판하기로 합의를 도출함으로써 60여 일의 준비 끝에 비로소 이 책을 세상에 펴내게 되었다.

이 『생명의 근원, 바다여 영원하라』라는 책속에는, 시인·시조시인·수필가·문학평론가·아동문학가 등 61명의 문학인 작품 122편과, 5명의 화가 작품 5점과 5명의 서예인의 작품 11점과, 1명의 사진작가의 작품 2점이 각각 수록되었다.

본인은 이 책을 펴내기 위해서 원고를 청탁하고, 취합하여 분류하고, 편집하는 과정에서 바다가 우리 인류에게 주는 가치나 의미에 대해서 새삼 절감하게 되었고, 바닷모래 채취가 어떤 결과를 가져오는지에 대해서도 심각하게 생각하고 고민하게 된 계기가 되었음을 부인할 수 없다.

여러 가지 불비한 조건 속에서 한 마음 한 뜻이 되어 일사분란하게 창의적인 지성과 예술적인 상상력을 동원하여 작품들을 창작, 출품해 주신 필진 여러분께 깊은 감사를 드리면서 우리가 또 하나의 큰일을 해냈다는 자부심마저 느끼게 된다.

아무쪼록, 이 책이 널리 읽히어, 생명의 시원(始原)인 바다가 어민들에게는 텃밭 같은 삶의 터전이지만 우리 인류에게는 온갖 식재료를 제공받고, 또한 정서적인 위안과 마음의 안식을 받는 소중한, 지구생명의 반쪽임을 새삼 인지하고, 바닷모래의 무분별한 채취가 바다생태계 파괴는 물론이고 바다환경을 근본적으로 황폐화시킨다는 사실을 깨닫는 데에 일조(一助)했으면 하는 바람이다.

바다가 건강해야 육지가 살고, 육지가 건강해야 지구가 살며, 우리 인간을 포함한 만물(萬物)이 더불어 살아갈 수 있다는 사실을 깨닫고, 큰 틀에서 자연과 인간 문명의 상생(相生)을 위한 조화(調和)가 실현되기를 간절히 기대해 마지않는다.

2018년 01월 31일

이 시 환

| 차 | 례 |

● 발간사(이시환) · 6
● 프롤로그 · 12~37

제 I 부 바닷모래의 절망과 꿈

| 시 |

바닷모래 채취 현장에서 · 41
빌딩숲을 거닐며 · 43
신음소리 들리네 · 44
돈에 대한 인간의 눈 먼 욕구 · 45
바다 속 어족들에게 · 47
절망은 생략 · 49
파헤쳐지는 바닷모래 · 50
속언(俗言) · 51
자연의 이치 · 53
우리들의 속병 · 54
바다와 지구 · 56
알들을 방사(放射)하는 산호초 · 58
검은 모래 · 60
소탐대실(小貪大失) · 61
변산 해수욕장 · 62
더 깊은 곳으로 가자 · 64
분노 · 66
생존의 양심 · 68
바다 생태계 · 70
놀란 눈 · 72
너울성 파도 · 73
분계선 · 74
봤던 대로 두어라 · 75

창상지변(滄桑之變)의 변고(變故) · 77
모래는 우리의 발이야 · 79
바다의 등을 두드려 주자 · 81
모래의 웃음 · 83
바다는 울부짖는다 · 86
바다의 충고 · 88
海嘯 · 89
바닷모래의 고향 · 90
꿈에, 그리고… · 92
바다가 울고 있다 · 93
새로운 길을 찾자 · 95
사라지는 풀등 · 97
미녀의 통곡 · 99
해변의 모래 · 101
하늘에서 본 세상풍경 · 103
平和線 · 107
바닷모래의 悲歌 · 109
海情은 파도 따라 · 111
모래밭에 앉아서 · 112
크루즈 해저여행 유감 · 113
어로한계선에서 · 114
캠퍼스의 배신 · 115
거북이와 토끼 · 116
바다의 울음소리 · 117
인간의 집 · 119
그리움이 사무치던 팽목항 · 122
쇠스랑 게 · 124
모래채취 노동자들 · 125
모래보류(補流) · 126
푸른 바다의 전설 · 127

바다의 심장소리 · 129
다시 한 번 바다를 깨우리 · 131
모래알의 눈물 · 133
거대한 울음 · 136
바닷모래는 평범한 삶을 살고 싶어한다 · 137
화난 지구 · 139
불효(不孝)를 무릎 꿇고 빕니다 · 140

| 시조 |
잠 깊은 저 바다 · 143
넙치의 통곡 · 144

| 수필 |
모래알들의 자가변호 그리고 항변 · 145
바닷모래 채취가 왜 전면 금지되어야만 하는가? · 149
바닷모래와 상아탑의 엉터리 조사보고서 · 155
모래가 사라진다면? · 161
복어(鰒魚)에 대한 추억 · 165

| 동화 |
붉은날치가 날아왔다 · 168

바다 갤러리 서예, 그림, 사진

서예 · 177~182
그림 · 183~187
사진 · 188~203

| 차 | 례 |

제II부 바다, 그리움, 사랑

| 시 |
바다의 존재 · 207
바다 · 208
몽산포 밤바다 · 210
그대의 바다가 되고 싶어 · 211
어은돌 바다 · 212
너에게로 가는 길 · 213
바다와 나 · 215
남원바다 · 217
밤배 · 218
동해 바다의 모래와 파도 · 219
모래옷 · 221
바다 · 222
그 바다에서 · 223

| 시조 |
겨울 바다 · 225
카사브랑카 해변 · 226
만리포(萬里浦) 해수욕장 · 227
신두사구(薪斗砂丘) · 228
몽산포(夢山浦) 해변 · 229
추암(湫岩) 촛대바위 · 230
해수욕장 · 231
파도 · 233
파도 · 234
바다 · 236

| 수필 |
바다의 질서 · 238
백사장에 그린 하트 · 245
바다, 물빛의 단상 · 248
바닷모래 채취와 삶 · 252

제III부 바다와 사람

| 시 |
미역국 · 257
모랫속 조개잡이 추억 · 258
멸치쌈밥 · 259
홍어찜 · 260
바다는 말이 없지만 · 261
그리운 가슴 · 263

| 시조 |
김을 먹으며 · 264
화가의 바다 · 265
날갯짓하는 바다 · 266

| 수필 |
바다와 노인 · 267
역시 맛있는 복어회 · 272
홍어(洪魚)와 단골손님 · 275
물때에 만난 동행 · 279
밤이 낮인 것처럼 · 284
우리바다 연안 갯벌과 굴양식 · 295

제IV부 섬

| 시 |

간월도에서 · 309

비금도(飛禽島) · 312

겨울 제부도의 아침 · 314

여섬(餘島) · 315

사량도 지리산 · 317

나의 독도는 · 319

제V부 바다와 시인

| 시 |

항해, 그 모국어의 속살 · 323

수족관 · 325

님의 추억 · 326

인도양의 모래 섬 -코리아, 서울 · 327

| 평론 |

바다의 메르헨과 시인 · 329

한국해양 아동문학의 방향 · 344

필진 약력 · 363~375

땅에는 땅의 세상이 있듯이

바다에는 바다의 세상이 있다.

●프롤로그

바다는 지구 전체 면적의 70.8%를 차지한다.

● 프롤로그

물은 사람 몸의 70%를 차지한다.

지구상의 최초의 생명체가 40~38억 년 전

바다에서 출현했다.

● 프롤로그

바다에는 천만 종 이상의 생물이 살아가고 있다.

● 프롤로그

바다는,

육지와 맞닿아 있는 해변(海邊)과

바닷속(水中)과 밑바닥인 해저(海底)로 이루어졌다.

바닷물 속은,

햇빛이 미치는 영역과

미치지 못하는 영역으로 구분되지만

공히 생명체가 살고 있다.

●프롤로그

해저에는,

갯벌

풀등(모래밭)

진흙밭

암초지대

산호초 서식지

초원

숲

등이

있다.

땅위로는

높이 솟은 산과 계곡과 호수 그리고 사막 평지 등이 있듯이

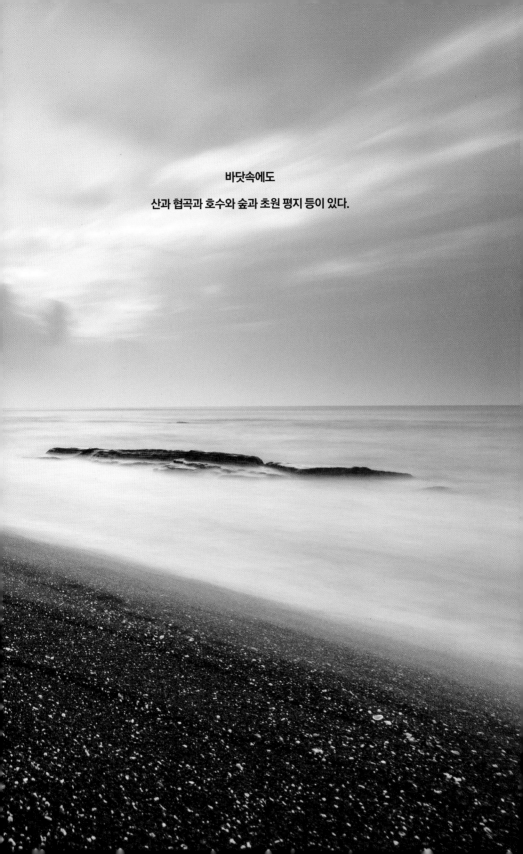

바닷속에도

산과 협곡과 호수와 숲과 초원 평지 등이 있다.

땅위로는 8,848미터 에베레스트 산이 높이 솟아있듯이

바닷속에도 그 이상 깊은 곳이 있다.

● 프롤로그

땅위에서는

대기 토양 수질 오염이 가속화되어

사막화되어 가듯이

바닷속에서도

수질 해저 오염이 진행 중이고

무분별한 바닷모래 채취로

황폐화되어 가고 있다.

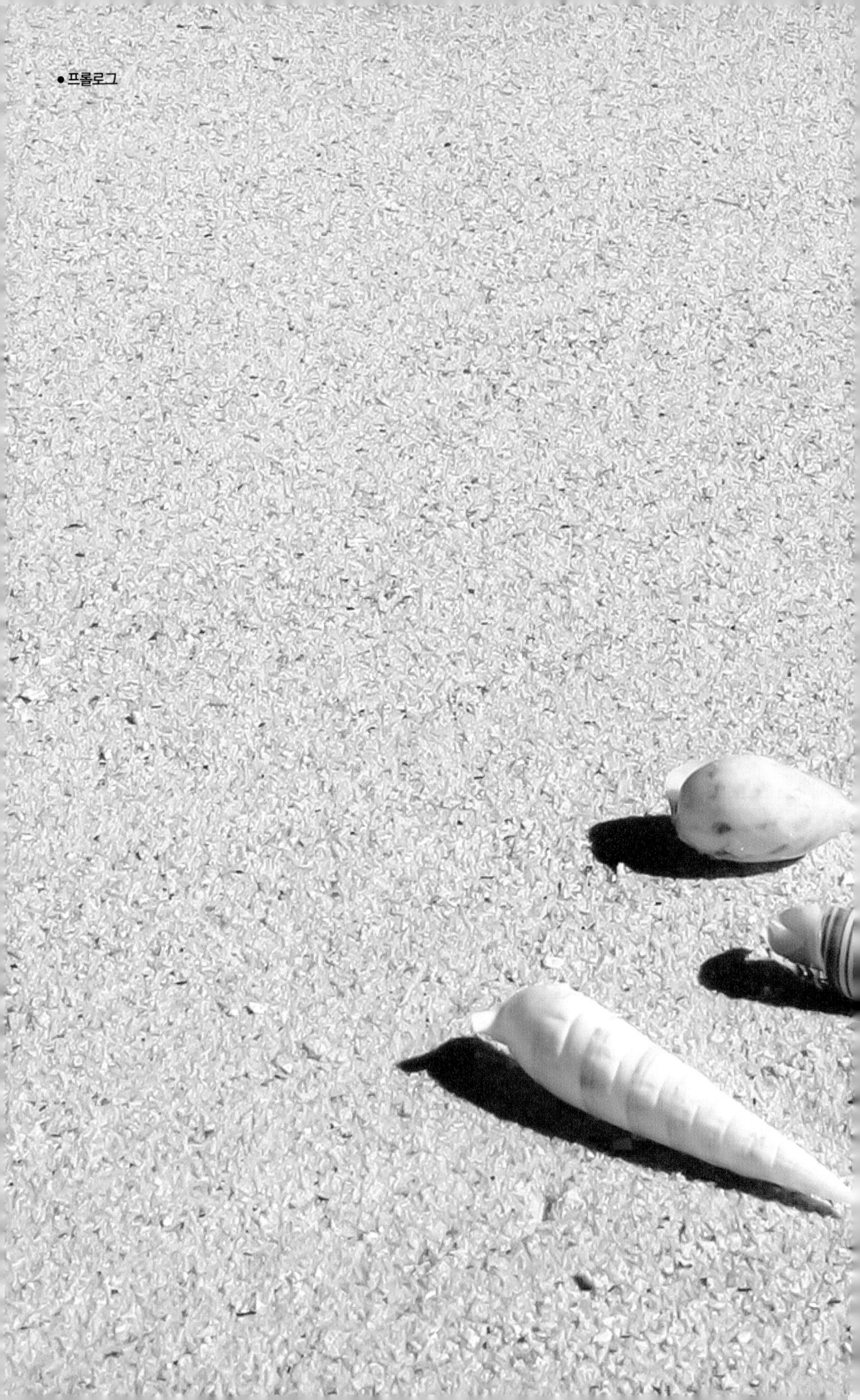

바닷모래는,

갯벌 산호초 등과 마찬가지로

수많은 바다생물들의 서식지요, 산란장이요, 은신처요,

삶의 터전으로서

보금자리나 다름없다.

바닷속 모래를 퍼 올려

아파트를 짓고 골프장을 건설하는 것은,

작은 것을 얻지만 큰 것을 잃는 어리석은 짓으로

바다생명들에게는

하루아침에 내 집을 짓뭉개거나 통째로 들어내는 변고를 당함이다.

이는 예기치 못한 산사태나 태풍이나 쓰나미 등으로 인해서

마을이 다 휩쓸려 가버린 뒤에 남겨진 폐허나 다름없다.

그 폐허는

바다 생태계 파괴로 인한 바다의 황폐화이자 죽음이요,

그것이 불러들이는 땅의 흉포함이다.

제 I 부

바닷모래의 절망과 꿈

바닷모래 채취 현장에서

이시환

어느 날 갑자기
포클레인 군단이 몰려와
달동네 낮은 집들을 깔아뭉개 버리듯이,
이제는 불도저 군단이 내려와
짓뭉개진 집터를 온전히 밀어내 버린다.

예기치 못했던 산사태가
평온했던 마을을 하루아침에 덮쳐버리듯이,
강력한 쓰나미가 밀어닥쳐
온 마을을 휩쓸어 버리듯이,
잘못 계산된 인재(人災)이지만
이곳은 분명 아비규환(阿鼻叫喚)의 생지옥!

혼비백산하여 필사적으로 달아나는
넙치 쥐가오리 문어 게 대도라치 등도 있다만
대다수는 모래와 함께
불가항력적으로 빨려 들어가고 마는
여기는 바닷모래 채취현장!

흙탕물에 요동치며 떠내려가는
숱한 치어(稚魚)들과 아직 부화하지 못한 알들이
말 한마디 못한 채 날벼락 속에서
생사를 다투는 곳!

한바탕 블랙홀처럼
바닷모래가 빨려 들어가고 나면
크레이터(crater) 같은 웅덩이가 파이고
그 속에서는 그 어떤 것도 살기 힘든
죽음의 적막만이 도사리고 있다.

여기는 서해와 남해
연안과 배타적 경제수역에서 자행되는
바닷모래 채취 현장!
하나를 얻기 위해서 많은 것을 잃어야 하는
지구생명에 깊은 자상(刺傷) 하나를 남기는
눈이 먼 곳이다.

-2018. 01. 24.

빌딩숲을 거닐며

이시환

우후죽순처럼 솟아나는
지구촌의 초호화 고층빌딩들을 올려다보면서
너도나도 놀라면서 찬미하지만
그만큼 근심걱정도 늘어나게 마련이다.

빌딩 하나가 높이, 높이 솟는 만큼
어디에선가는 깊이, 깊이 파헤쳐지고
빌딩 하나가 견고하고 화려한 만큼
어디에선가는 무너져 내리고 헐벗기 때문이다.

그래서 우리의 웃음이 한 술이면
우리의 근심도 한 술이고,
우리의 즐거움이 한 솥이면
우리의 걱정도 한 솥이다.

-2017. 12. 21.

신음소리 들리네

이시환

높은 빌딩 하나만 들어서도
동네의 바람길이 달라지고
쫓겨나는 민초들의 원성이 자자하다.

바다 속의 모래만 퍼 올려도
오래된 물길이 바뀌고
온갖 어족들의 터전이 일순간에 사라져 버린다.

우리는 필요에 의해서
능력껏 빌딩을 올리고 골프장을 지으며
이제는 바닷모래까지 퍼 쓰지만

그 폐해가 잘 보이지 않고
지금 당장 살아가는 데에는 미미하다고 외면하며
고개를 쉬이 돌리지만

얻는 것보다 잃는 것이 더 많아지는 훗날
무서운 부메랑이 되어 돌아오리니
뭇 생명의 신음과 비명을 귀담아 들어야 하네.

-2017. 12. 25.

돈에 대한 인간의 눈 먼 욕구

이시환

그저 돈 되는 일이라면
옳고 그름조차도 없는
눈 먼 욕구만 존재하는 인간세상

당장 필요하다면
남의 집 기둥이라도 빼 쓰는 사람들,
보이지 않는 바닷속 모래라고
마구잡이로 퍼 올리는 사람들,
그를 허가해 주는 사람과
적당히 눈감아주는 사람들이
어울려 살아가는 인간세상

물을 팔아서 돈을 챙기고
모래를 팔아서 돈을 챙기고,
허가해주고 묵인해 주어서 돈을 챙기는
사람, 사람들뿐인 걸 보니
왜 많은 이들이 목숨을 걸고서라도
법과 권력 앞에서
갈증을 느끼는지 알만도 하네.

그런 인간들의 무절제한 탐욕으로
숱한 생명들을 품에 안고
먼 길을 돌아가는 지구가 쭈글쭈글 비틀비틀
이제 아침마다 그의 안부를 물어야 하네.

아무리 생각해 보아도
인류 최대의 적이 다름 아닌 인간 자신이며,
하루하루를 살아간다는 것 자체가
다른 생명들을 해치는
죄를 짓는 일 외에 다름 아니네.

-2017. 12. 25.

바다 속 어족들에게

이시환

너무 억울해 하지마라.
너무 원통해 하지도마라.
살기가 팍팍하고 험난할수록
죽을힘을 다해 살아 남거라.
이것이 최고 최후의 가르침이니라.

사람들은 수단방법 가리지 않고
몸에 좋다면 씨도 안남기고 다 먹어치우지만,
사람들은 그저 돈이 된다면
물불을 가리지 않지만
너무 억울해 하거나
너무 분통해 하지도마라.

사람들의 이 화려한 세상이
통째로, 고스란히,
바다 속으로 가라앉아
너희들의 천국이 될 날도 있을 것이다.
그러니 희망을 갖고 살아라.
악착같이 살아 남거라.

이것은
이미 정해진 수순이요,
사필귀정(事必歸正)이니라.

-2017. 12. 28.

절망은 생략

이시환

있던 갯벌이 없어지면 없어진 대로
또 살아가겠지.
팔다리가 잘려나가도
살아가듯이.

있던 모래밭이 사라지면 사라진 대로
또 살아가겠지.
사지가 절단나도
살아가듯이.

있던 갯벌이 사라지고
있던 모래밭이 없어지는 것은
팔다리를 잃는 불의의 사고가 아니라
알면서도 저지르는 고의사고다.

-2017. 12. 29.

파헤쳐지는 바닷모래

이시환

급기야 서쪽에서 퍼다가
동쪽에다 구름궁전을 지으시네.

어디에선가 빠져나와 나뒹구는
내 좁은 사무실 바닥에 나사못 하나

요 며칠 눈에 영 거슬리었는데
무심결 의자에 앉으려다 엉덩방아를 찧고 마네.

-2018. 01. 04.

속언(俗言)

이시환

하나를 얻으면
다른 하나를 잃는 법이지요.

둘 다 얻으면 좋겠으나
자연의 이치가 그러지 않답니다.

골프장을 만들고
빌딩을 짓기 위하여

우리는 급한대로, 싸게 먹힌다는 이유로
바닷모래를 무분별하게 퍼 쓰지만

그로 인해서 오는 피해가
이만저만이 아니지요.

그것은 시간이 가면 갈수록
보이지 않던 것이 보이게 될 터이고

우리들의, 식탁 위로, 삶의 터전 위로, 잠자리로

먹구름이 몰려오듯 할 것입니다.

이재(理財)에 밝은 사람들이여,
어찌하여 갑자기 눈이 어두워지셨나요?

심사숙고하여
손익계산부터 잘 해보시라우.

-2018. 01. 04.

자연의 이치

이시환

네 이놈!
갯벌이 거기 있을 때에는
다 이유가 있고,

바닷모래가
거기 쌓일 때에도
다 이유가 있느니라.

네가 그걸 무시하고
돈이 좀 된다고
네 멋대로 파헤치고
없애버렸겠다!

네 이놈!
있어야 할 곳에
마땅히 있는 것을 없앴으니
네 집구석도 기둥뿌리 뽑히고
와르르 무너져 봐야 알겠느냐!

-2018. 01. 05.

우리들의 속병

이시환

아뿔싸,
저 모래 갖다가 이곳을 메우고
이 모래 갖다가 저곳을 메우는 꼴이니
겉보기에는 멀쩡해 보이나
속으로는 썩어가는 기둥이 하나 둘 늘어가지.

아뿔싸,
도심에 높은 빌딩 하나만 들어서도
바람의 길이 바뀌고
앞길을 가로막는 산과 둑을 높여도
물길조차 먼 길 마다않고 돌아가듯이

바닷모래 한 삽 퍼 올리면
해변모래 두 삽 쓸려 나가나니
손쉽다고, 다급하다고,
땜질처방 좋아하면
훗날 후회하며 통탄하게 되리니

눈 가리고 아웅하지 말고

값 싸다고 비지떡 덥석 물지 마세.
소를 잃었으면 외양간부터 고쳐야지
그저 길거리에 주저앉아 울 줄밖에 모르니
이놈의 속병 가실 날이 없구나.

-2018. 01. 13.

바다와 지구

이시환

바닷속에는
지상에서 가장 높이 솟아오른
'초모랑마'보다 더 깊은 곳이 있다.

바닷속 깊은 곳에는
육지의 사해(死海)와도 같은
호수(湖水), 호수가 있다.

바닷물과는 물빛이 다른,
신비롭지만 바다생명이 살지 못하는
바닷속의 호수가 말이다.

바닷속 깊은 곳에는
붉은 용암이 끊임없이 솟구치는
화산(火山)도 있고

바닷속 깊은 곳에는
황량한 사막과도 같은
진흙밭도 있고

바닷속 깊은 곳에는
주검들이 쌓여있는
공동묘지도 있고

바닷속 깊은 곳에는
바다생명들로 붐비는
화려한 도심(都心)도, 온천(溫泉)도 있다.
뿐만 아니라, 숲도 있고 초원도 있다.

아직은, 아직은
지상이나 바닷속이나 살만하고
살고자 하는 생명들로 그 열기가 뜨겁지만

지상이 점점 사막화 되어가듯이
바다 속도 점점 황폐화 되어가는 것만은
분명해 보인다.

뭇 생명들이 등에 업히고 품에 안기어 살아가는
크나큰 지구생명의 병을 깊게 하여
죽음을 재촉하는 것이

다름 아닌,
우리 자신임도 명명백백하다.
그래서 지구의 오전보다 오후시간이 짧다.
-2018. 01. 14.

알들을 방사(放射)하는 산호초

이시환

수많은 바닷물고기들이 모여 살아가는
바닷속의 도시,
산호초가 형형색색 밀집된 곳에
보름달이 뜬다.

그에 따라 조수 간만의 차도 커지고
물살도 거칠어지는 틈을 타
그곳에서는 기다렸다는 듯
산호초 알들이 일제히 방사된다.

작은 고무풍선처럼 쏘아 올려진 알들은
거친 물살을 타고
어디론가 꿈을 안고 떠밀려가지만
더러는 다른 물고기들의 먹이가 되고
더러는 어딘가에 안착하여
새로운 산호초 숲을 이룰 것이다.

누가 가르쳐 준 것도 아닌데
살아남기 힘들면 힘들수록

종족을 번식시켜야 한다는
본능적 욕구에서의 몸부림이
가히 신비롭다.

어쩌면, 지상의 소나무가
자신의 죽음을 알아차리고
평소보다 몇 갑절 많은
솔방울들을 다닥다닥 매달고서
제 한 몸이야 장렬히 죽는 것과
다를 바 없으리라.

-2018. 01. 25.

검은 모래

이시환

어두운 구름 한 점 피어오르더니 멀리멀리 사방으로 퍼져나간다. 마침내 하늘의 절반을 가리고 내 머리 위에서는 우두둑 우두둑 우박 같은 알갱이들이 마구 쏟아진다. 그것은 분명 싸락눈도, 우박도 아닌 검은 모래였다. 지상은 금세 황량하지만 이상한 검은 모래사막이 되어 있었는데 자세히 보면 갖가지 바다생물들이 여기저기에 흩어져 퍼덕퍼덕 몸부림을 치면서 가쁜 숨을 몰아쉬고 있었다.

사람들은 눈이 휘둥그레진 채 이게 웬 떡이냐는 듯 요리해 먹어야겠다는 식욕이 돌았는지 그것들을 주워 담으려고 허리를 굽히고 손을 내밀자 이내 그것들은 그들의 손끝에서 녹아내리며 먹물만이 주르륵 주르륵 모래바닥으로 흘러내리어 스며든다.

사람들은 이 괴괴한 장면을 저마다 목도하고서 사색이 된 채 혼비백산 집으로 달아나지만 늘 지척에서 보았던, 어깨 너머 그 넘실대던 바닷물도 이미 사라져버리고, 낯선 풍경이 그림처럼 찢기어져 있고, 그 황량함 속에서는 피골이 상접한 인간 무리들이 허기진 들개처럼 길게 자란 송곳니를 드러내 보이며 달려들고 있었다.

-2018. 01. 07.

소탐대실(小貪大失)

- 바닷모래를 파먹으면

나석중

눈구멍으로 보십니까!
귓구멍으로 듣습니까!
저 아름답던 해안선이 찌그러진 것을
모래집에서 쫓겨난 어족들의 아우성을

인구는 덧없이 줄고 아파트는 남아돈다는데
언제나 아파트 한 채도 없는 놈은 없다는데
어떤 놈은 아파트 여러 채 수십 채 수백 채
층층 바벨탑을 쌓고요

죽자 살자 난망한 어부들이 떼로 몰려가
또 촛불이라도 들고 광화문으로 나갈까요
국회의사당 주춧돌이라도 빼 볼까요

바닷모래 파먹으면 바다가 무너지는 것을
억울한 혼백들이 우짖는 것을
왜 들 모르십니까!

변산 해수욕장

김형철

나는 변산 해수욕장에서
아득한 옛날 태어났어요.
햇살 따뜻해 아슴한 곳
아무도 몰래 숨어 있었어요.

새만금 둑방이
시위 살 당겨
파두를 날릴 때마다
내 몸은
찢기고 할퀴고 긁어내고 바수어
아예 고향을 떠나 버렸습니다.

발바닥 간질이고
겨드랑 웃음 스미던
노을이 아름다운
변산 잊을 수 없어요.

30년 동안 모래성은
야금야금 갉아먹고 줄어서

사랑의 발자국
게와 조개 사랑의 집
쏟아지는 별들의 이야기
모래시계 놀이마당 친구들

모두가 낯선 곳으로 실려가
도시 속에 녹아들고
갯벌에 빠져
허덕이며 살고 있습니다.

더 깊은 곳으로 가자

박영(아르헨티나)

반짝이던 은빛 모래
하늘빛이 바람결에 춤추던 바다

뱃고동 소리
뿌연 먼지 마셔대며
하얀 거품 일렁이던 갯벌 가에
웅덩이 만들어
무덤 파헤치듯
자꾸 자꾸 퍼내려간다.

숨죽이며 자꾸 줄어드는 모래
바닷물 속 깊은 곳에
파도에 휩쓸려 만들어진
낯선 바람길 하나

어느 곳으로 가야할지
갈팡질팡 아가미만 헐떡인 채
애처로운 눈빛으로 바라보며
썩은 냄새 풍기면서

목말라
눈물만 흘리다 보니
바닷물이 자꾸 짜져만 간다.

가자, 가자
세상이 바다를 삼키는 소리
들리지 않는 곳으로
눈물의 바다 속 깊은 곳으로 가자

가자, 가자
세상이 파도를 매질하듯 때리는 소리
들리지 않는 곳으로
더 깊게 헤엄쳐 나가자

분노

박영(아르헨티나)

바닷모래는
해양생명 탄생의 자궁 속

수없이 파헤쳐 밀고 들어가는
저 깊은 곳에서 살아 숨 쉬고 있는
생명체의 소리를 들었는가

유구한 세월의 흐름을
왜곡하는 자들아
태초부터 인간과 만물이 연결된 고리를
어찌 문명 속으로 자꾸 끌고 들어가려 하느냐

어두운 바다의 하얀 가슴 부풀어 올라
파도를 때리며 밀고 올라올 때
인간을 향한 분노인가
자연을 향한 애처로움으로 토해내는 피인가

바다 한 가운데
외로운 섬 하나

눈물 흘리며 자꾸 바다 속으로
빨려들어만 가고 있다

생존의 양심

강상률

겨울 바닷가
괭이 갈매기 한 무리가
아물지 않은 상처를 보듬고
거센 물살에 밀려 표류하고 있다.

등대를 찾는
진실의 날개가 추락하면서
파도의 무게만큼 휩쓸리는
굴절된 양심이 난간에 매달려
하얀 속살을 드러낸 저 모래섬

숨겨진 허물
얼룩진 낡은 햇살을 등지고
바다 환경이 검게 손짓하는
혼탁한 위선의 껍질 속에서
부서지는 생태계의 표정을 본다.

생존의 양심
유실되고 침식되는 모래층

은빛 생물 다양성 흔적들은
그림자 없는 비명을 남기고
갯벌 속으로 까닭 없이 잠기고 있다.

바다 생태계

강상률

금모랫빛 어둠 속으로 잠기는
시선 끝에서 빛바랜 어느 날
그 때 그 청정 푸른 바다가
아픈 맨살로 그 순한 이름을 부른다.

고래. 새우. 참돔. 문어. 가오리…
미역. 파래. 청각. 곤피. 플랑크톤…
석화. 꼬막. 조개. 전복. 소라. 모래알…
수평선 기류를 넘는 바다 끝까지

문명에 짓밟힌 생태 순환의 고통이
비명을 지르는 허망한 벼랑 끝에서
한 줄기 묵은 희망을 키우던 바다는
아물지 않은 상처를 보듬고 울먹이고 있다.

해양기반이 산성화로 무너지고
번식장애를 겪고 있는 재앙들이
멸종위기의 참혹한 재난 속에서
우리들 먹거리가 점차 사라지고 있다.

어둠의 틈새에 끼어 해안을 보는
어리석은 마음 부끄러운 가슴으로
상생해야하는 이치를 깨닫는 순간
아낌없이 주고 가는 바다 소리를 듣는다.

놀란 눈

오영록

바닷고기들이 한결같이
눈을 뜨고 있다
그것도 놀란 듯이 동그랗게

눈을 감고 죽은 것은
한 마리도 없다

그도 그럴 것이
자신의 영토를 다 파헤치고 퍼가고 있으니

뭍에 올라와 보니
그것가지고 자기네 집을 짓고

물도 없는데 두 발로 서서
자신들의 생 살점을 먹는 것을 보았으니

새우는 얼마나 놀랐던지
두 눈이 툭 뛰어나오기까지 했다

너울성 파도

오영록

아이들 싸움이 어른 싸움 된다고 요즘은
개싸움이 사람싸움으로 바뀌었는지 툭하면 뒷집할아버지 쫓아왔다
방금 목욕시켜놨는데 물 뿌려 놨다고
자초지종을 말할 틈도 없이 신돌이보다 더 성중성중 번다

물고 뜯을 때 곤추섰던 진돌이 진수니 갈기보다
마음이 더 빳빳하게 일어선다. 누구라도 찌를 수 있을 것 같은
냉수 한 사발 단숨에 벌컥벌컥 들이키고야
연못에 던져진 돌멩이처럼 가라앉는다

무엇이든 가라앉히는 물
펄펄 뛰던 개들도 껑충거리던 마음도
시커먼 흙탕물도 침잠시키는

그런 물도 가끔
감정이 너울너울 지평선을 힐끗거리면
벌떡 일어서서 자신을 끌고 들어갔다

물은 그렇게 자신의 범람조차도 용납하지 않는데
하물며 그 심장인 모래를 마구 퍼내고 있으니

분계선

오영록

너무 더워 단숨에 바다로 풍덩 뛰어들고 싶어
막 달려가는데
모래톱이 발목을 잡는다

조금 천천히 가라고
그러다 심장마비 일어날지도 모른다고
막아서는 바람에
안전하게 바다로 갈 수 있었다.

겁 없이 육지로 넘실거리며 오르는 파도
그리 성급히 오르다가는
심장마비 걸린다고

막아서는 모래톱

봤던 대로 두어라

박대문

땅 위의 것은 땅 위에 두고
땅속의 것은 땅속에 두고
물속의 것은 물속에 두어라
네가 처음 봤던 대로 두어라

너른 바다는 생명의 원천이다.
모래는 바다 생명을 품어주고
바닷속 해초 숲의 뿌리를 키운다.
물고기의 알을 품어 생명을 깨운다.
바다의 속살인 모래는
바다 생명의 터전인 어머니다

자연 그대로 두어라.
봤던 대로 두어라.
그게 자연 사랑이니라.

속살이 뒤집혀 가죽이 되고
가죽이 뒤집혀 속살이 되더냐?
이는 천지개벽이다.

자연은 순리고
순리는 이치에 따르며
사랑은 아껴주는 것이다.

복잡다단한 도심에
바다의 속울음을 왜 끌어 오느냐?
숨결을 잃어버린 바닷모래의 한(恨)으로
어두운 회색의 돌탑을 왜 쌓느냐?

흙도 모래도
땅의 것은 땅 위에
바닷속의 것은 바닷속에
봤던 대로 두어라
자연 사랑은 그대로 두는 것이다.

-2018. 01. 17.

창상지변(滄桑之變)의 변고(變故)

박대문

생명이 넘쳐나는 푸른 바다
거친 풍랑이 일고 물보라 휘날려도
요지부동 속살이 있어 생명이 자란다.

바닷속 해초 숲이 뿌리를 박고
바닷속 뭇 생명의 산란장이 되고
도도히 들고나는 푸른 바다를 품어주는
엄마의 가슴팍 같은 속살이 있다.

바다의 속살이 뒤집힌다.
야금야금 파헤쳐지는 바다 밑바닥
품고 있는 생명의 알을 떨어내고
굳게 박힌 해초 숲 뿌리를 잘라내고
퍼 올려진 바다의 속살이
따가운 햇살 아래 널브러져 있다.

햇볕에 말라빠진 속살은 생명력을 잃었다.
시멘트에 뒤섞여 화석이 되었다.
길바닥이 되고 아파트가 되고 빌딩이 되었다

품고 있던 모든 생명 다 떨구고
이제는 굳어버린 돌멩이가 되었다.

참담한 이 돌멩이에 무슨 숨결이 있으랴.
죽어버린 바다 속살은 울지도 못한다.
한(恨) 서린 탄식만 도시 매연에 토할 뿐이다.
한에 서려 메말라 닳아져 갈 뿐이다.

흙도 모래도 나름의 숨결이 있다.
숨결 끊긴 바다 속살 널브러지고
삭막한 도심에 숨결 잃은 빌딩만 들어서니
따스한 정이며 생명 사랑이 어찌 깃드랴.
변고다. 변고다.
창상지변의 변고다.

-2018. 01. 17.

모래는 우리의 발이야

강준철

모래를 긁어 가면
그 속에서 살던 미생물들이 다 죽겠지
그러면
바다풀들이 죽고
그러면
어린 새우들이 죽고
그러면
엄마 고래가 죽고
그러면 결국
우리가 죽는 거야
그것들이 모두 우리의 삼촌이고 형님이고 누나인데
온 생명이 한 몸인데
온 우주가 한 몸인데
털 하나만 뽑아도 온 몸이 아픈데
그들을 죽여 나만 살겠다고?
다 같이 귀한 목숨
너 때문에 내가 살고 나 때문에 네가 사는데
어떻게 그들의 집을 부수나?
작은 것은 큰 것의 어머니

우리가 물고기보다 높지도 귀하지도 않아
더불어 함께 가는 거야. 별을 따러
우리는 각자 커다란 그물의 한 개 코일뿐이야
그러니 너무 자기 쪽으로만 그물을 당기지 말어
결국 꼬시래기 지 살 뜯기지
자해의 검은 손길이 바다를 덮치게 해선 안 돼
발이 없으면 걸을 수 없잖아?
모래는 우리의 발이야
아니 바로 당신의 발이야
발을 자르지 마.

바다의 등을 두드려 주자

강준철

바다가 구역질을 하고 있다
벌건 눈알을 굴리며
쓰레기를 토해내고 있다
그러면서
바다는
미친 듯 날뛰며 욕을 퍼부었다

이 더러운 인간들아
왜 쓰레기를 남의 입에 처넣느냐?
육실할 놈들! 너희들은 쓰레기를 먹고 사냐?
퉤! 퉤!
너희가 버린 쓰레기 너희들이나 처먹어라
더러운 쓰레기 같은 인간들아

바다는 수 만개의 혀를 날름거리며
잡아먹을 듯 소리 질렀다
끝내는 눈물을 뿌리며 몸부림쳤다

누가 이 바다를 이렇게 화나게 했나

때로는 인간들에게 등말을 태워주고
푸른 등 뒤에 숨겨 두었던 꿈도 주고
때로는 노래도 불러 주는
고마운 바다를
누가 저렇게 미치게 하였나?

사람들아, 우리 이제
체한 바다의 등을 두드려 주지 않으련?

모래의 웃음

민숙영

두껍아 두껍아
헌집갖고 새집다오

손등 수북이 올린 모래
부서지지 않게
살며시 빼는 손

어린 시절
모래가 쌓인 골목
찾아다니며 놀던 놀이

여름 바닷가
맨발로 뛰어가며 밟던
부드러운 모래의 감촉

그 감촉 느끼게 해주려고
방학이면 아이들 데리고
찾던 모래사장

그 모래
소리 없이 울고 있다니
허물어지고 있다니

우리 모두 바다를 지키고
모래를 살리는 애국의 마음
모아야 할 때

소리 높여
모래채취 반대해
바닷모래 채취 금지법
꼭 통과하길
두 손 모아 기원해야하네

2018년
새해엔 듣고 싶다
모래의 큰 웃음소리

출렁이며 반기며
달려오는 파도
그 바다의 힘찬
함성 듣고 싶다

바다와 모래가 만나
서로 몸 부비며
반기는 웃음
그 웃음소리 듣고 싶다

바다는 울부짖는다

장주서

아득히 먼 옛날
대자연은 나를 낳았다
하여 나는 내 나름대로 살아야 한다
대자연이 가르친 그대로-

해류를 형성하고
풀등을 만들고
풍성한 잔치를 베풀어
인류에 자양분을 이바지했다

요즘은 불청객이 뛰어들어
금모래를 마구 실어가고
내 생체에 막대한 상처를 입혀
내 가족은 갈팡질팡하는구나!

헤실바실 없어지는 나의 주옥들이여!
인간은 왜 이다지 몰인정한지
나에게 횡래지액 안겨주니
불쌍한 어민들 망양지탄 어이하리!

천지개벽 이래
우리 거가대족은
강구연월 누렸는데
오늘에 와서 왠 재액인가?!

추부의뢰하는 자들
횡재에 급급해
남해에서 서해바다로
득롱망촉이구나!
돈에 눈이 어두우면
가라사니도 둔해지는 법
천세만세 이어 갈 복 샘을 망가뜨리면
망사지죄 하늘이 묻지 않겠느냐?!

바다의 충고

장주서

모래는 나의 장중보옥이다
일신도 깨끗하지만 마음 더욱 깨끗해
사심 없이 일편단심을
수족 위해 이바지했다

돈에 혈안이 된 자들
벌떼처럼 달려드니
모래 산 모래바다인들
욕심주머니 채울손가?

내 신성한 천직은
가족 키움인데
텃밭 없이 낸들 어이하리요?
내 가슴에 노한 물너울만 이는구나!

화무백일홍이요 권세도 한때라고
금욕이 부글부글 일일이 여삼추라네
부디 충고하건대 빠진 얼 주어 담고
몸가짐 바로 이 강산 보전하세!

海嘯

張柱瑞

海沙乃我掌中寶玉
一身淸淨爲我水族
不速之客闖入家門
亂採金沙隨心所欲.

儀附權勢暴殄天物
一人當先趨之若鶩
沙山沙海何以滿足
南海西海爭先恐後.

我之天職培育家族
壞我家園何以養育
黃天后土必當問罪
吾本馴良怒濤橫流.

花無百日權不恒久
積金心切一日三秋
千囑萬囑淸洗汚腦
爲我江山採沙卽休.

바닷모래의 고향

이말영

넓고 넓은 바닷가를 고향으로
한 알 한 알 모여 세계를 보여주며
그대 손바닥 속에 무한을 쥐고
영원을 보라 노래하다

우주의 리듬과 법칙을 밀려오는
세파에 씻겨 가지 못하고
보지 못한 타향에 살라 하네
그 아픔 모여모여

흰 소금 꽃을 피울 때
마음 좁은 우린
만경창파의 고향 그리워함을
읽지 못하고 약하고 부드러운
강모래에 정을 나누니

이방인의 슬픔은 잠시
온갖 새들과 바닷속 비밀을
읽어 우주의 비밀과 법칙을

품어주는 바닷모래 고향으로
고향으로 날 보내줘.

꿈에, 그리고…

김견

정수리에 구멍 뻥 뚫린 채, 시뻘건 피를 쏟아내며 할딱이고 있던 나…
철철 흐르는 용암이 시커먼 하천을 이루고…

긴 배관(配管)을 배꼽에 꽂은 채, 철창 속에서 뿌연 시선으로 나를 바라보고 있는 곰,
배관을 통해 흘러나온 시커먼 즙액이 주유소로, 항공기지로, 부두로 수송되고 있다.

포탄을 맞은 듯, 가슴에 구멍 뻥 뚫려 피못에 쓰러진 채 구급차에 실려 가는 지구…
구조대원들 솜으로, 붕대로 지혈시키느라 법석이건만, 피는 콸콸 솟구쳐 시야를 삼켜버리고…

바다가 울고 있다

구춘지

바다가 울고 있다

처음 그날, 바다는 울지 않았다
해면 깊은 곳 수평선 저 너머끼지 웃음 가득했는데

굵고 긴 빨대를 모래 깊숙이 꽂아 속살을 빼내가는 시간이 길어지고
상처가 깊어지는 동안
도시의 빌딩은 하늘이 무색하게 높아졌다

보이지 않는 폐허 속에서
바닷속 생명이 죽어가고 있는 오늘날
해변의 모래, 풀등이 서서히 제 모습 잃어가는 현실 앞에서
바다가 경고장을 날린다

이제 그만
더 이상 빨대를 꽂는 일은 멈추고
이미 바다에 박혀 있는 빨대를
송두리째 뽑아 버려야 한다고 무섭게 경고한다

지금 바다는 울고 있다

생태계가 흔들려 성난 바다를 달래야 하는 것이
지금 우리가 해야 할 가장 큰 숙제다
숙제를 마치는 날 바다가 다시
목청껏 푸르게 웃는 그날
만선의 어부들도 바다처럼 웃을 것이다

새로운 길을 찾자

구춘지

바다의 갯벌을 막아 육지를 만들었다
채울수록 부족한 것이 인간의 욕심

어느 해변의 모래는 유리 만드는데 다 파 쓰이고
엉성한 자갈밭이 되어 그 많던 해당화도 사라졌다

바다에서 건져내는 소금은 백금
바다에서 파내는 모래는 황금

어느 해 부터인가 건설이라는 깃발을 높이 내걸고
황금 모래를 분별없이 파내어
모래 없는 해변으로 변해갔다

우리네 살림자원이 부족하다 탓하지 말고
스스로 제 무덤 파는 일은 멈춰야 한다

바다가 제 모습을 잃어가고 있다
더 늦기 전에 우리는
어머니의 자궁과 같은 천혜의 바다를

다시 찾아야 한다
새로운 길을 찾아야만 한다

사라지는 풀등

유지희

그리 오래지 않은 날, 바닷가 어디를 가도
크고 작은 풀등이 있었다
모래가 쌓여 모랫등이 되고
그 위에 초록풀들이 자연적으로 자라
풀등이 되었는데
어느 순간부터 풀등이 사라졌다

풀등, 풀등을 이제 어디 가서 볼 수 있을까

하얗게 부서지는 파도에 은빛 모래가 노래하던 해변가
그 많던 모래들은
대도시 건설업자들에게 팔려가서 높다란 빌딩으로 태어났고
여러 곳의 풀등이 하나 둘씩 사라져 갔다
푸르른 해변의 모래사장이
눈에 띄게 줄어들면서
바다의 허파가 제대로 숨 쉴 수조차 없네
풀등을 다시 볼 수 있는 날은 언제일까
몇 백 년의 시간이 지나야
사라진 풀등이 돌아오려나

애타게 풀등을 찾는 아우성이 들리지 않는가
생태계를 살리기 위해 모래파기를 멈춰야만 한다

풀등에 앉아 푸른 물을 적시며 파란 하늘을 보고 싶다

미녀의 통곡

이유걸

그대 그 고운 얼굴 아름다운 미소 수억 겁 뽐내 왔었지

수초가 친구 되고 물고기 이웃하며 평화로웠지

가끔은 일렁이는 파도를 벗 삼아 세월 낚았지

여름이면 인어들 휴식처 되었고

겨울이면 바닷새 놀이터 되었지

밤이면 외로운 등대섬 반짝이며 붉 밝혀

낚시꾼들 풍성한 손맛 들려주었지

어느 날 바삐 백구 지저귐 성난 듯하고

바다물결 사납게 울부짖더니

조용하던 바닷가 성난 전쟁터 되었지

쇠갈퀴로 휘젓고 악취 흩날리며

우렁찬 굉음 오가더니

바닷새 떠나고 도다리 광어 자취 감추었네

아름다운 용왕국 여인네의 고운 얼굴

얼금뱅이 추녀 되었다며 통곡소리 요란하였지

이웃하며 일렁이던 수초들

이웃하며 노래하던 조갑지들

이웃하며 숨바꼭질하던 게와 넙치들

벌렁 벌렁 숨 막혀 질식했다네

오호통제라!
미인이시여!
불쌍한 용왕국 미녀시여!
걱정 마시라!
그대 떠나지 않고 영원히 영원히
그대 지켜 주리라

해변의 모래

이효녕

모래가 수북한 해변에 서서
넓은 바다 안에서 마음대로
뛰어오르는 물고기 바라보면
이 세상 풍족한 꿈으로 오지 않느냐
햇빛이 묻은 해변의 모래 위에 서서
파도를 안는 여유로운 마음을 보라
해변의 모래 둘레마다
해당화 피우고 웃는 것을 보라
해변의 모래가
갈매기의 쉼터가 되는 것을 보라
모래의 꿈이 이리도 가득한데
바다야 왜 잠들려하니
깊고 깊은 바다 속에서
마구 헤엄쳐 노니는 물고기야
보이지 않는 깊은 물속에서
다시마 줄기잡고 물결의 꿈이라도 꾸어봐
아무도 모르게 해변의 모래 위에
잠시라도 두꺼비 집을 지어 주마
파도의 하얀 발자국 흩뿌리고

돌아서는 모래 알갱이
당신은 진정 소금기 먹은
우리 집 아파트 벽이 되지 않겠지?

하늘에서 본 세상풍경
-바다의 신음소리

심우 신국현

1.
천신은 관망중
지신은 난동중

해신은 준비중
용신은 신음중

세상엔 자기것이
하나도 없으련만

맹인들 지팡이에
불과한 식객들의

잔머리 논리속에
바다속은 망고로다

2.
개벽으로 열린땅에

선택된 지명으로

바다는 오열중에
산천은 고난중에

초원은 열애중에
신음소리 비명소리

엽전열 닷냥머리
공식없는 계산법에

용궁의 오장육부
만신창이 어찌할꼬?

3.
오호라 슬프도다
망가진 황금어장

자처한 고등동물
얼빠진 용퉁인간

청맹가리 숫자놀음
분탕질로 도륙당해

퇴적된 어장들은
황금모래 고갈인데

뒷짐진 관할부처
재앙올걸 몰랐을까?

4.
서러워라 이마음
바닷모래 곡성인가

말달리는 해풍소리
감아도는 파도소리

등떠밀려 파고드는
갯바위 아작소리

소리소리 질러봐도
사장된 앙금사랑

초혼부른 진혼곡에
물거품만 맴돌더라

5.
낮빛파란 서남해에
포말줍던 잔물결은

패선들 어간물에
오수로 변해가고

심해의 어장들은
건자재로 도굴당해

씨뿌릴 어족들은
산지로 떠나가니

先天至心 魚場村에
颶風을 견뎌낼까?.

平和線

- 爲 月海 池鐵根 博士께

정정길

一九五二年 一月 十八日
벅찬 感動의 波濤
海洋主權宣言이여!

玄海灘 저 너머
水産富國의 가슴앓이
그 꿈 일구어낸
莊嚴한 歷史
黎明의 거센 물결
月海의 産苦
임의 絶叫라

千年을 지나고
또 千年을 지나도
겨레의 바다는
永遠 하리니
아! 大韓民國!

庚辰年 첫 아침

鄭正吉 드림

---

*평화선 : 일본은 Lee line이라고 불렀다. 이 선언을 할 당시 미국 조야나 일본이나 다 반대했다. 특히 일본은 히로시마에 원자탄을 맞은 것만큼이나 큰 충격에 빠졌다고 한다. 평화선은 우리의 주권선언이었다. 지금 누가 아는 사람이 있겠는가. 바다의 근본이 파헤쳐지는 작금의 이 순간이 그저 가슴이 답답할 뿐이다. 그래서 선배들의 바다사랑 얘기를 나누어 볼까 하고 적어둔다.

바닷모래의 悲歌

정정길

바벨탑을 쌓는다고
아우성치는 저 소리
게 집도 부셔놓고
조개터전도 없애고
어도도 제멋대로 바꾸어서
갈 길을 잃게 했다.
또 새끼는 어디다 칠까
생활 터전도 없어졌다.
대책도 보상도 없다. 막막하다.
아주 황당하다.
억겁의 울음소리가 들리는 수궁에
탄식의 눈물이 거칠게 파도치고 있다.
다 죽어가고 있다.
그래도 어느 놈 눈 하나 까딱하는 놈 없다.
백년도 못살면서 천년을 살 것같이 혈안이 되어
남이야 죽든 말든 나누는 욕심에 흥청인데
저 바벨탑 무너져 폐허가 된 문전옥답 어장을
누가 소생시켜 줄꼬. 믿을 놈 한 놈도 없는 나라
아리랑, 아리랑 어찌하면 좋을까.

아리랑, 아리랑 높아지는 아리랑 저 파도에
십리도 못 파서 파선될까 두렵구나.
백년도 못 돼서 무너질까 두렵구나.

海情은 파도 따라

정정길

하~얀 물말이 소용돌이가
아득한 수평선을 넘나들며
등대 곁에 늘 머물던 그리움을
항로 편에 먼 바다로 보내고

황혼에 걸어놓은 사랑의 향수를
파노라마 파도의 그물에 맡겨두었다가
싱그러운 아침햇살 은빛 상자에 담아놓고
비릿한 만선 깃발 달았다고 긴 고동 울린다.

| 시 |

모래밭에 앉아서

정정길

마음하나 주워들고
깊이 묻어두었던
조기파시에 나선 어로
해 기울자
달빛 어린 임당수에
바쳐야 할 공양미 삼백 석이
월류수에 퍼 올려질까
심청이가 안절부절하고 있는데
딱히 뭐라 위로 할 말 없어
연평도 임 장군을 찾아가
용왕님을 뵙게 해달라고
간절히 부탁을 하긴 했는데
잘 될까 모르겠네.

크루즈 해저여행 유감

정정길

수중여행을 같이 가자고 청해왔다.

비용은 반반 부담이란다.

표는 스마트 폰으로 예약했다 하네.

전용부두가 북적이며 난리가 났다.

첫 배에 올랐다. 멘트가 나온다.

승선한 관광선은 해저 크루즈 V호란다.

곧 출항한다며 주의사항을 알린다.

우리는 마냥 들뜬 기분이라

듣는 둥 마는 둥했다.

어디쯤 왔을까. 시야가 흐리다.

여기저기서 웅성거리는 소리가 들린다.

배가 멈춘 모양이다. 뭐야. 왜? 서. 몰라.

승객 여러분. 구명조끼를 입으세요.

그리고 안내 방송에 따라 행동하세요.

침로변경 중입니다.

해상도에 뭔가 모르지만 시야가 제로상태여서

아무것도 보이지 않습니다. 부상을 시작합니다.

부상하면 전용부두로 일단 되돌아갑니다.

대단히 죄송하게 되었습니다.

언제쯤 다시 출항하게 될지 모르겠습니다.

안녕히 돌아가십시오.

어로한계선에서

정정길

어장은 보이는데 어선은 갈 수가 없다.
헌데, 물고기들은 제 마음대로다.
중국 어선들도 마구잡이 불법남획이다.
전 해역에 걸쳐서 자행되고 있다.
갈수록 태산인 우리네 바다의 현실이다.

오래전, 이념의 벽에 막힌 문전옥답이다.
풀길 없이 멀고 아득하기만 하다.
거기다가 건설 앞세운 골재채취업자들까지
바닷모래를 파헤치고 있으니
그나마도 좁은 어장, 더 줄어들고만 있는데
아! 어로한계선에 부는 바람 언제나 끝이려나.

---

*어로한계선 : 어선이 어로 활동을 제한 받고 있는 선이다. 그 선을 넘어 가면 안 된다.
　넘어가다 걸리면 위법이다. 처벌을 감수해야 한다. 동해와 서해에 그어진 선이다.

캠퍼스의 배신

정정길

바다는 배신 안 한다.
파도는 해안선을 넘지 않는다.
상아탑은 아니다.
왜 그랬을까.
뭐가 오고갔나?
안 썩은 곳이 없다.
푸른 이끼부터 바다 밑까지.

거북이와 토끼

정정길

인사동 어느 카페다.
눈이 내리고 있다.
인파의 물결이 출렁인다.
마음의 등대 불이 하나 둘 반짝인다.
제법 함박이다. 우산도 보인다.
을씨년스럽다. 우리 얼마 만인가.
아마 15,000년은 되었지.
아니, 이 사람아 연락이라도 주지 그래.
두고 온 간을 찾다보니 그리 되었네.
간은 찾았어. 아니 못 찾았지.
그래서 소식이나 전하려고 왔는데
가는 길을 못 찾겠어. 어떻게 된 거야.
인간들 욕심 때문이야. 나도 갈 곳을 잃었네.
나하고 달나라로나 가세.

바다의 울음소리

이주철

1.
생선을 실어 나르던
작은 어선들은
옛날 추억을 돌이켜 본다.

만선의 희망에
닻을 올리던 그 때를 생각하면
어부들의 가슴은 녹아내린다.

잘못된 인허가에
누구를 탓하리오.
힘없는 어부인 걸.

굴착기로 퍼 올린
황금어장 모래성을

골프장 잔디밭에
거물 칠 날 있을까?

2.
평온한 바다였는데
그저 그대로였으면

어장의 난도질이라.

가까스로 이승의 끈을 놓지 못한 순간
바람도 숨을 죽인다.

훤하게 트인 수평선엔
풍어 대신 모래 채취 선에
피라미드 궁전이 떠있다.

허공 넘어 빛살은
누굴 원망하는지 알 수 없지만

바라보는 어촌사람들의
눈물과 한숨만 알 것이다.

내일이 오늘만 못하거늘
선 자국 후 걸음에 따라오는
그림자를 어찌 지울꼬.

인간의 집

심종숙

바다여
너는 무얼 빼앗겼는가
너는 빼앗기고도 울지 않는다
인간의 집을 짓기 위해
생명의 집이었던 네 집은
밑둥부터 헐려나가고
너의 큰 집은
보잘 것 없는 인간의 사각집으로 변한다

바다여
너는 무얼 빼앗겼는가
너는 빼앗기고도 울지 않는다
넙치 어미는 허리를 뒤틀어
수백개의 알을 낳고
모래로 묻어놓는다
부화할 새도 없이
알들은 관 속으로
빨려 들어가 사라진다
넙치 어미는

알에서 나온 아기들을 만나지 못한다

바다여
너는 무얼 빼앗겼는가
너는 빼앗기고도 울지 않는다
돈과 힘이 결탁하여
누군가의 지시로
바다의 복부에 빨대를 꽂고 끝없이
빨아대는 튜브 관 속으로
수천 톤의 바닷모래가
바다 생물들과 함께
빨려 들어간다
구멍이 난 바다의 복부에는
생명들이 살지 못하고
오물들로 채워진다

기억하는가
인간의 집이여
바다의 절규를
바다의 피홀리는 배에서
쏟아져 나오는 내장의 신음을
죽어가는 알들의

수천 수만 눈물 방울을
콘크리트에 섞인 바닷모래는
바벨탑이 되어
하늘을 향해 육중하게 버티고
그 밑둥을 받치는 자본의 욕망은
쉴 새 없이 불을 지피고 있다

나는 그곳에서
너의 뾰족한 입과
너의 숨 쉬는 아가미와
너의 눈물 어린 눈알과
너의 물살에 흔들리는 등지느러미와
너의 희고 번쩍이는 비늘 갑옷을 입은 몸체과
너의 알을 가득 품은 불룩한 배와
너의 늘씬한 꼬리를 만져본다

그리움이 사무치던 팽목항

장후용

바다는 소리치며 울고 있었다
그 쓸쓸한 해변의 바람으로……,
빈 찻집의 흩어진 음악만큼이나
바람으로 불리지 못하는 나의 초라함처럼
그 해 바다는 흔적도 없이 사라지고
다만 기억 한 장을 지우는 파도만이
갯바위에 부딪쳐 퍼렇게 멍이 들고 있다

파도가 갯바위에 부딪칠 때마다
오래전 나를 가두었던 너의 창살은
거친 물보라를 일으키며 하늘 높이 날아오르고,
울며 떠나던 갈매기의 끼룩거림에 무심하던
바위조차 파도 뒤로 몸을 숨겨야 했던
무너진 그 기억들이 아픈데

오랜 기다림만큼이나
긴 슬픔들은 떠오르지 않고
다만 소중하게 여겨지던 몇 개의 추억들만이
모든 외로움으로부터 잠시 나를 떼어 놓을 뿐

바다엔 그저 낯선 얼굴들만이 맴돌고 있다

오래 참음 어디엔가
울음 우는 영혼이 쓰러지고,
쓰러지며 그리운 그리움 때문에
소리치며 떠나지 못하는 마지막 노래마저
바람에 실어 모두 날려 보내고 돌아오는 길,
그 쓰러짐의 어디쯤 투명한 봄꽃들 사이에서
그대 이름조차 생경한 서정윤시를 만난다.

잠시 황혼은 서녘에 머물고
노을에 가려 아직 떠나지 못하는
그대 슬픈 영상 위로 예정된 작별의 눈짓처럼,
몇 방울 눈물이 방울지며 떨어지는데

멀어지는 수평선
끊임없이 울어 부서지는 파도의 끝
그 끝 어디쯤에 그리운 너를, 그리운 너를,
그리운 너를, 묻을 수 있을 런지,
그리운 너를 묻을 수 있을 런지……

쇠스랑 게

장후용

내일에 담긴 모래알
수협하면 느끼는 것은 집짓는 일
갑갑한 감각기관 육감이 꿈틀대고

출렁이는 바다
하늘쪽빛을 발할 시
하나 둘 백사장에 모인
쇠스랑 게들

집짓자, 집짓자
구호를 외치다
옆으로 나란히만 반복하곤
허기지게 쓰러진다.

모래채취 노동자들

장후용

모래톱이 무너지고
백기에 물든 건강한 신체
알랑알랑한 모래방구로 굴러
배고픈 집게들 포식시킨 후
썰물 진 개펄,
배설의 시체로 남아
뉘 낯짝에 반들반들
팩하여 기름 지우려나

모래보류(補流)

장후용

감정의 희로애락
정신욕구와 의지
신체에 담긴 수
오체만족의 해담(海膽)
모래로 정화할 산소,

매개 항은 오직 모래톱
살림살이 실현가능의 터전.
육감의 시공을 넘나들어
몽환으로 상상할 수
삶이 요구하는 모든 꿈들
하나하나 실현하여 꽃필 주체
모래품은 바다진주

푸른 바다의 전설

장후용

그 옛날 하늘보루에 흩날리던 궁휼의 말수
파랗게 구슬피운 사연 눈가에 이슬로 맺혀
눈물처럼 방울져 구르더니 아덴의 깊은 산중
옹달샘에 고였더라.

연한이 차 샘은 수명으로 넘쳐나고
화사의 강물은 백두의 산맥을 따라
등줄기에 못을 박아 채운 골수
연못마다 서린 방울들
고이면 썩을 일

흘러야 마땅한 길인 줄 알아
이리저리 꼬불꼬불 돌고 돌아
푸른 바다에 이르기까지
강물이 지난 산들마다
수도요 성시네

시향에 취한 신부의 향연
소라의 뿔 고동에 실린 복음

뼈골 빠져 바스러지고 깨어진 죄상
모래알과 개펄의 내일이 깃든
모래의 영혼활동

삶의 구체적인 욕구실현의 갈꽃
빈들에 스러지는 억새 울 문화.
아름 다 없는 모래알의 예기.

문득
히말라야산맥을 넘는
줄 기러기들 기낭에 서린 애상
고비사막 황사에 물든 사금가루
뿌연 는개에 실려 백사장을 울려
슬금하게 자기를 사기할 때
긍휼과 자비 선명으로
나부끼는 깃발하나

"모래채취금지"
이곳은 개펄에 불알 담근
개불들의 욕구충족을 위한
최후 보루 성터.

바다의 심장소리

유재남

아, 들끓는 소리
보고도 믿기지 않는
그 많던 모래톱을 누가 다 망쳤나
쩍 갈라지는 이 울림들
청춘을 시처럼 보내던 바닷가에
상처만 쌓여가누나.

나는 늘 여기 있는데
우리는 늘 옆에 있는데
바다를 조금씩 갉아먹는 그들은 진정
해충이란 말인가.

먼 발치에서 가까운 곳까지
부대끼는 몸을 가누며
주검 하나 하나가 턱하니
허파를 도려내는 이 통증들

입천장이 다 타들어가도
자기 배 불리기에 앞장서는 얌체족들

차브덕거리며 차오르는 바닷바람에
온 몸을 맡기며
미래마저 붉게 소멸되어가는
이 소리가 그대들은 들리는가.

다시 한 번 바다를 깨우리

유재남

죄판 위에 늘어선
싱싱한 생선들이 아침을 깨운다
이 렇 듯
바다는 삶이고, 희망이다.

한 낮부터 해질녘까지
퍼즐 맞추듯 어리석은 욕망에 사로잡혀
귀 멀고 눈 멀어
무엇이 귀한 보물인가를 잊은 그들
그 바다향기
그 위대한 시간을
그 누가 짓밟고 있는가.

천년의 희망과 꿈
늘 허기를 달래주던
어머니 자궁 속 같은 그리움들
내 자식들 내 자식의 자식들 손자의 손자까지
대대로 이어가길 바라는 모든 이들에게
바람이길

지금도
바다를 탐하는 검은 그림자가 인분냄새를 풍기며
달려들고 있다
진정 멈추기를 다시 한 번 기도해 본다.

모래알의 눈물

장석용

맑고 푸르던 너의 모습
늘 푸른빛으로 가꾸어 가던 너의 꿈
넌, 햇살을 실은 푸른 하늘을 받아내고 있었다.

넓고 편안한 보금자리에
재잘대고 간지럽히며 줄지어 섰던
그 많던 물고기들과 바닷말 친구들

향은 이미 피어오르고 있었다.

육중한 기중기의 긴 그림자를 내리고
갖은 소음으로 진격해오는 가수면의 밤
한낮에도 뿌옇게 충혈된 너의 눈
시계제로의 일상이 십자가가 되었다.

문어발같이 흡착하며 뿜어 올리고
윤전기처럼 너를 어지럽히던
쉼 없이 터전을 잠식해가는 포식자의 야만
물러설 곳이 없이 무너져 버린 처참한 너의 모습.

슬픔의 간극을 메우는
앰뷸런스는 늘 곁에 있었다.

즐거움으로 집을 짓던 바다제비들
가볍게 뛰어 놀던 들판의 메뚜기들
약탈자의 비상 사이렌
몬순의 소용돌이 보다 심한…

빼곡히 적힌 너의 꿈

싱그런 푸른 나무 그림자를 벗으로 하고
해질 녘 돛단배를 불러들이고
비둘기와 푸른 하늘에게 자유를 주어
다 같이 숨쉬고, 별과의 포옹을 그리워하며
이별이란 단어가 스치지 않도록
똘망한 눈빛을 보이던 순수

이제
붉은 죽음의 커튼을 드리우고
피로 쓴 너의 진실 앞에

달빛 아래 편히 쉬도록
수천 별들이 너를 죽음을 슬퍼하며
태초의 원시어로 너의 죽음을 일깨우며
조종을 울린다.

미안해, 지켜주지 못해서

거대한 울음

박종해

금모래밭은 푸른 바다의 연인이다
머언 수평선에서 그리움을 안고
숨가쁘게 달려와
금빛 살결에 몸을 부비며
연정을 쏟곤한다
그래서 연인들은 백사장을 거닐며
순결한 바다에게 사랑하는 법을 배운다

그러나 언제부터인가
바다는 시름시름 앓고 있다
인간이 버린 오물로 바다는 상처투성이다
바다의 속살을 파먹는 모래채취
바다는 처참한 몰골로 연인을 잃고 울부짖는다
갈매기도 쉴 곳이 없어 떠도는 해변
통곡의 해일이 길벽을 두드리는
거대한 울음

푸른 생명이 실핏줄이 터져 몸부림치는
저 묘망한 바다의 신음소리를 듣고 보느냐, 사람아
그것은 바로 우리의 생명을 갉아먹는 아픔인 것을

바닷모래는 평범한 삶을 살고 싶어한다

이창우

잔잔한 바다 속에는
평범한 삶을 살고 싶어하는 모래가 있다

바닷모래는
태고로부터
바다생물들을 품으며 평화롭게 지내왔는데

언제부턴가
인간들이 미워하기 시작했다

바다생물들의 삶에는
아랑곳하지 않고

돈이 되는 일이라면
물불을 가리지 않는 인간들이

강가나
육지 모래로는 양이 차지 않아
드디어 바닷모래를 마구잡이로 훑어간다

우리가 이제라도
바다생물들의 고향을 돌보지 않는다면

먼 훗날 후세들이
바다에서 무얼 얻으며 살아갈 것인가!

바닷모래는
지금의 상태 그대로
평범한 삶을 살고 싶다고 항변한다

제발
인간들아!
바닷모래 채취는 그만 두자!

말로서 안 되면
법이라도 만들어
강제로라도
우리의 바닷속 생물들을 보호해 보세!

화난 지구

강상기

참을 만큼 참았다!
자동차, 텔레비전, 컴퓨터, 휴대폰이 있다고 해서
그대들이 더욱 행복하던가?
오히려 자연적인 삶을 그리워하는 것이 아니던가?
문명 자랑하는 자본의 주범 있는 곳에
그대들은 존엄성도 없고 소외만 있을 뿐이다.
그대들이 상궤를 너무나 벗어났기에
나도 자구책을 강구하겠다.
태양계에서 가장 더러운 행성이 되기는 싫다.
누가 나의 일부를 사고, 팔고 네 것 내 것 하면서
누가 내 품속에 포클레인을 집어넣어
고운 모래가슴을 파헤치느냐?
나는 바랐었다. 행복 가득한 세상을,
그러나 이제 나의 기다림은 끝났다.
지진이나 쓰나미, 토네이도는 나의 예고편,
오직 돈만이 정의가 되는 추악한 세상을 내가 뒤집겠다.
세탁기 한 번 신나게 돌리겠다.

불효(不孝)를 무릎 꿇고 빕니다.

-바닷모래채취에 대한 심각성 자각(自覺)

조철규

아버지! 어머니!
죄송합니다.

이제라도 불효를
무릎 꿇고 빕니다.
이제라도 막심(莫甚)함을
뉘우치고 있습니다.

더는 그 가슴을
훑지 않겠습니다.
더는 그 가슴을
긁지 않겠습니다.

어머니 속을
무척이나 끓였습니다.
아버지 속을
무던히도 썩혔습니다.

그 속을 몰라도

너무 몰랐었지요.
철이 없어도
한참 없었지요.

우리 형제 속 좁은
투정 때문에
우리 형제 얄팍한
잇속 때문에

어머니 속을
무척이나 끓였습니다.
아버지 속을
무던히도 썩혔습니다.

어머니는
돌아서서 피눈물을 흘렸고
아버지는 땅이 꺼지게
한 숨 지었었지요.

우리 형제, 무슨 일로
그랬을까요.
부끄럽게 무슨 일로
그랬을까요.

이제라도 불효를
무릎 꿇고 빕니다.
이제라도 막심(莫甚)함을
뉘우치고 있습니다.

더는 그 가슴을
훑지 않겠습니다.
더는 그 가슴을
긁지 않겠습니다.

아버지! 어머니!
죄송합니다.

잠 깊은 저 바다

김재황

품이야 넓고 커서 어머니와 마찬가지
숨 쉬는 모든 것은 부끄러운 곳이 있네,
물결로 슬쩍 가리듯 무늬 지는 모래밭.

남에서 젖내 짙게 마파람이 불어오고
긴 밤에 눈 감아도 젖은 잠을 뒤척이네,
이따금 이불 밖으로 내보이는 그 속살.

씻어낸 몸뚱이에 검은 손을 대지 마라
뜻 모를 생채기는 잘 아물기 쉽지 않고
띠처럼 꿈을 묶으면 살아감이 어렵네.

넙치의 통곡
-바닷모래 남채(濫採) 유감

半山 韓相哲

모래를 긁어내면 사해(死海)로 변할진대

탐재(貪財)에 눈 어두운 인간들 꼬락서니

넙치는 날개 펼치고 대성통곡 한다네

---

* 바닷모래 남채 실태; 바닷모래는 해양생태계의 보고이다. 이미 파헤쳐진 규모는 1억 495㎡이다. 1년에 쌓이는 모래라야 기껏 0.02mm이며, 복원하는데 1만5천년이 걸린다 한다. 출처; 葬送! 바닷모래여! 痛哭 哀哭-앞세운 공익! 뒷전의 영·비리? 정정길의 시.(《동방문학》통권 제 84호 2017. 10~11 제 29~30쪽)
* 바닷모래 관리는 현재 유감스럽게도, 해양수산부 소관이 아니고. 국토통일부 소관이라 한다. 부처 이기주의로 행정의 비효율이 심하다. 선진국은 이미 영구히 채취금지조치를 취했다.
* 담기골(擔鰭骨, fin suspensorium) 살; 어류의 지느러미 기부에 있는 뼈. 지느러미를 지지하는 기능을 가지며, 외측에는 지느러미줄이 있다.(생명과학사전). 모래에 사는 대표어종인 넙치류(광어, 도다리, 가자미 등)의 지느러미살을 제일 맛있는 부위로 친다. 일본 말로 '엔삐라'라 한다.
* 어명(魚鳴); 고기가 울다. 좋은 시어인데, 한국에서는 잘 쓰이지 않는다.

모래알들의 자가변호 그리고 항변

이유식

   저의 이름은 '모래'이고. 성이 '은'이라 사람들이 '은모래'라고 부른답니다. 국적은 대한민국이죠. 아버지가 다른 이복형제에는 '금모래', '흑모래' '백모래'도 있죠. 사람도 피부 색깔에 따라 '황인종' '백인종' '흑인종'이 있듯, 사람들이 그렇게 부르고 있답니다. 본인은 일단 이런 성씨 구분을 떠나 여러 다른 형제 모래의 대표로 이 자리에 나와 있습니다. 우리 입장의 변호와 우리가 지금 처하고 있는 실상에 대해 항변을 좀 할까 합니다. 제발 귀담아 들어주세요. 만약 저의 항변에 따라 모든 일이 바르게 실천만 될 수 있다면 정말 누이 좋고 매부 좋은 일이 되리라 봅니다.

   생각해 보세요. 우선 모래가 없는 강변이나 해변 말입니다. 그 얼마나 삭막하겠습니까. 강이나 바다의 물결이 혀를 날름거리며 맛보고 있는 떡고물이 바로 우리이고, 물을 정화시켜 주는 콩팥도 되며, 강안이나 해안의 풍경을 아름답게 장식해주는 목걸이 역할도 하죠. 우리의 사촌 격인 뻘과 우리 모래는 찹쌀떡이나 찐빵의 앙꼬 같은 존재이기도 합니다. 앙꼬 없는 찹쌀떡이나 찐빵이라면 그 얼마나 맛대가리나 멋대가리가 없겠습니까.

가만히 생각해 보면 이런 우리야말로 인간생활에 그 어떤 피해도 끼치지 않고 인간의 삶을 보다 다양하고 풍성하게 하는데 말없는 헌신과 봉사를 해왔지 않았습니까. 지리환경의 덕분에 모래폭풍이란 쇼크도 또 그 말 많은 황사현상도 일으키지 않고 그저 조용히 살아왔습니다. 헌신과 봉사의 예는 한이 없죠. 이른바 모래밭은 우선 놀이터로, 강수욕이나 해수욕의 쉼 공간으로 천혜의 자연공간을 제공해주지 않았습니까. 또 산업적으로는 유리 제조의 주요 재료로, 현대사회에선 그 막강한 힘을 발휘하고 있는 반도체의 주재료로 빛을 내주고 있지 않습니까. 또 지난날을 생각해 보면 사금을 채취하는 금방석 역할도 했죠. 더 멀리로는 신라의 그 빛났던 황금문화도 다 알고 보면 이런 사금밭이 없었다면 불가능했던 일이 아니었겠습니까.

아니 이런 것보다도 더욱 더 중요하고 중요한 것이 있답니다. 오늘 제가 말하고자 하는 촛점이 바로 여기에 있답니다. 생태학적으로 보면 강바닥이나 바다 밑의 모래밭은 고기의 산란장이나 서식지, 회유로 역할을 하고 있다는 사실입니다. 그래서 특히 연근해의 어업인들에겐 우리의 터전이 바로 생명줄이나 다름없답니다.

그런데 이게 웬 일입니까? 이런 우리를 지금 사람들은 너무 푸대접, 아니 천대시하고 있습니다. 인간사회에선 갑질이 어떻고, 인권(人權)이 어떻고 하며 요란한데, 힘없고 말없는 우리에게도 최소한도로 주장하고 보호받을 수 있는 물권(物權)은 있습니다.

그런데 지금 우리의 건강에 빨간불이 켜져 있습니다. 몸살을 지나 위암이나 대장암을 앓고 있는 형국입니다. 말로만 들어왔던 자연파괴, 환경파괴, 생태계 파괴란 말을 몸으로 직접 실감하고 있습니다.

그 주범은 무분별한 모래 채취입니다. 동, 서, 남해안을 벌집 쑤시

듯 해놓지 않았습니까. 가령, 동해안 백사장이 축구장 크기의 13.5배가 사라졌다는 최근의 기사를 보신 적이 있는지요. 그러다 보니 그만 해안 침식도 불을 보듯 곳곳에 일어나고 있답니다. 해저의 모래에도 큰 구멍이 수없이 뻥뻥 뚫리어 있습니다. 힘없는 우리 동지들은 못살겠다고 함성을 내지르고 있습니다. 지난날은 '모래알의 노래'라고들 칭찬도 들었지만 이젠 불만의 함성으로 변했고, 더 나아가서 계속 이대로 방치해 두거나 피부를 무자비하게 마구 긁어댄다면 반란이나 혁명의 조짐도 없지는 않을 겁니다. 여러분들은 지난날 중고등학교 시절에 물론 소월의 시 '엄마야 누나야 강변 살자' 그리고 정지용의 시 '향수'를 읽었을 것입니다. '뜰에는 빤짝이는 금모래 빛'이나 하늘의 성근 별이 발을 옮기고 지나간다는 그 '모래성'도 결국은 멀고 멀지 않은 장래엔 보기 힘든 세상이 오지 않으리란 보장은 없을 것입니다.

사정이 심각하고 심각합니다. 이런 판국이 되다 보니 138만 어업인들은 생존권 차원에서 바다 생태보전을 외치고 있습니다. 이에 관계당국이나 건설업자들도 불행 중 다행으로 부랴부랴 정신을 차리고 수습의 시동을 걸고는 있답니다. 또 우리 몸에 배어있는 염분을 깨끗이 세척하지 않은 채 겁도 없이 골재로 건설이나 건축에 사용한 데에 따른 부실공사의 파문도 일고 있군요. 엉겁결에 고육지책으로 베트남, 말레시아, 중국, 필리핀 등지에서 강모래를 실어오느라 고생도 좀 하는 듯싶습니다. 또 만시지탄이지만, 여러분들이 이름을 부쳐본 이른바 순환골재나 대체골재 활용에 이제 겨우 눈을 뜨고 있다고 듣고 있습니다.

제발 힘없는 우리를 살려주십시오. 보호해 주십시오. 인간중심주의의 이기적 발상이나 가치관을 초월하여 상생의 길을 찾아주십시오. 1센치의 우리 키가 자라려면 무려 500년이 걸리고 또 지금과 같은 천혜의 바닷모래가 형성되려면 1만 5천년이라는 상상을 초월한 시간이 걸린다는 사실을 아마도 모르고 계실 겁니다. 실 없은 상상입니다만 만약 우리가 몸을 담고 있는 이 대한민국의 모래가 저 사하라 사막이나 아라비아 사막 아니면 고비 사막이나 캘리포니아의 모하비 사막처럼 많고도 많다면 왜 구태어 우리가 이런 변호를, 이런 항변을 늘어놓겠습니까. 요는 한정된 자원에서 강에서건 바다에서건 모래의 남벌적 채취가 문제입니다. 작금에 해외에서 수입해오는 강모래도 그 자구책의 하나이긴 합니다만 여러분들이 이른바 순환골재라고 통칭하는 건설폐기물의 보다 적극적이고 과학적인 재활용도 필요합니다. 뿐만 아니라, 골재의 다변화를 위해 새로운 대체골재의 개발과 이용도 시급하다고 봅니다. 그래야만 우리 모래들이 좀 안심하고 살 수 있는 세상이 오지 않겠습니까. 말하자면, 우리 본연의 생존문제가 달려있다는 말씀입니다.

환경보호, 생태보존, 자연보호란 말로서만 되는 일이 아닙니다. 고언을 한다면 실천입니다. '한 알의 모래속에서 세계를 본다'고 영국 시인 윌리엄 블레이크가 일찍이 읊었듯, 인간들은 비록 하찮은 우리를 통해 환경, 생태, 자연의 중요성을 깊이 생각해 주었으면 합니다.

보호나 보존의 실천을 간절히 요청하고 요망하는 바입니다.

그리하여 언젠가 '모래알의 함성'이 다시 '모래알의 노래'로, 더 나아가 그 '노래'가 해조음을 반주 삼아 드디어 '모래알의 합창'이 되어 동서남 해안에 널리 널리 울려 퍼지길 우리는 기대하고 기대합니다.

바닷모래 채취가 왜 전면 금지되어야만 하는가?

이시환

한국수산산업총연합회(이하 '한수총'이라 칭함)에서 발행한 자료에 의하면, '배타적 경제수역'과 '연안'에서 바닷모래 채취가 이루어지고 있는데, 배타적 경제수역에서는 남해의 통영 동남방 70킬로미터 떨어진 105해구와 서해의 군산 서남방 90킬로미터 떨어진 173해구이다. 그리고 연안에서는 옹진군 굴업·덕적도와 태안군 가덕도이다. 채취허가를 해주는 지정권자는 배타적 경제수역은 국토교통부/한국수자원공사이고, 연안은 관할 시·도지사/시·군·구청장이다. 2018년 현재까지 이 네 곳에서 채취한 모래가 16,614만 입방미터이다. 서울의 남산이 5,000만 입방미터라 하는데 그렇다면, 남산 3개 반에 가까운 분량의 바닷모래를 퍼 올려 그동안 골재로 사용해 왔다는 뜻이다.

건물을 짓고 골프장을 건설하는 데에 모래가 없다면, 정말이지 불가피하다면 바닷모래라도 퍼 써야 하겠지만 산림·강·폐석 분토사 등이 있음에도 불구하고 오로지 값이 싸고 채취가 쉽다는 이유로 바닷모래를 계속 퍼다 쓰면 어떤 문제가 발생하는가? 우리는 바로 이

문제에 대해서 신중하게 생각해 볼 필요가 있다.

우선, 바다를 생업(生業)의 현장으로 살아가는 어민들과 그들의 권익을 보호하는 한수총은 그 피해를 이렇게 설명하고 있다. 첫째, 부유사(浮流砂 : 바닷모래를 초대형 흡입기로 빨아올리는 과정에서 발생하는 바닷물에 뒤섞여 떠 있는 모래입자)와 월류수(越流水 : 바닷모래를 초대형 흡입기로 빨아올려 부리고 선적과정에서 발생하는 흙탕물)의 확산[54킬로미터까지 확인됨]과, 바닷물의 흐름에 완급(緩急 : 유속의 느리고 빠름]이 생겨, 각종 양식장은 물론이고, 어획량에 지대한 영향을 미친다는 것이다. 특히, 해저[海底 : 바다 밑] 생태환경의 변화로 플랑크톤, 치어(稚魚 : 어린 물고기), 패류(貝類) 등의 양이 급감한다는 것이다. 동시에 해역의 어류 우점종[優占種 : 가장 많이 서식 활동하는 어종]이 바뀌고, 그 종수도 줄어드는 것으로 확인되었다 한다.

그래서 어민들은 기후변화와 중국 어선들의 싹쓸이 조업 등으로 동해에서 명태가 사라졌듯이 오징어도 사라지지 않을까 전전긍긍하고 있는데, 남해와 서해상에서는 바닷모래 채취로 인한 멸치 밴댕이 등을 비롯한 각종 어류(魚類)와 패류(貝類)가 사라지지 않을까 걱정이 태산이다. 이러한 점들은 어민들의 직접적인 피해이지만 바닷모래 채취 피해는 여기에 그치지 않는다는 데에 더 큰 문제가 있다.

이해하기 쉽게 설명하자면, 우리가 살고 있는 도심(都心)에 높은 빌딩 하나만 들어서도 바람의 길과 풍속이 바뀌듯이, 바다 속에서 바닷모래 채취로 인해 커다란 웅덩이[최대수심 19.5미터, 경사도 39도]가 파지면 바닷물의 흐름에도 큰 영향을 미치고, 바닷모래 속이 산란장이자 은신처이고 서식지이기도 한 숱한 어종의 감소로 인해서 바다 생태계 자체가 교란될 뿐만 아니라 어디선가 퍼다 쓴 만큼 다른 어디에선가는 깎이어 가는 것이 자연의 이치이기 때문에 해안선의 붕괴 등 지형변화가 생긴다는 사실이다.

그러잖아도, 여러 가지 이유로 지상의 대기 · 토양 · 수질 오염이 심각해지고 있고, 각종 화학물질 등의 위험에 노출되어 있는 상황으로 내몰리는 형국이 되었으며, 지표면이 점진적으로 사막화되어 가고 있다는 사실 등은 꼭 유엔 보고서가 아니라도 명백하게 우리의 생활 속에서 느낄 수 있고 체감할 수 있는 상황이다. 그렇듯, 마찬가지로, 잘 보이지 않는 바다에서조차도 온갖 쓰레기들로 몸살을 앓고 있고, 그것들은 바다 생명들에게 치명적인 피해를 안기고 있을 뿐 아니라 기후변화로 바다생태계가 급변하고 있는 상황이다. 영국의 BBC방송이 제작한 다큐멘터리를 보거나 직간접의 탐사를 통해서도 지구촌의 심해(深海)나 해저(海底)가 얼마나 오염되었고, 황폐화되어가고 있는지를 쉽게 알 수 있으리라 본다. 결국, 이 지구상의 우점종(優占種)이 되어 있는 '인간(人間)'이라는 종(種)에 의해서 지구가 점령되었고, 오염되고 있으며, 그로 인한 생태계 파괴가 진행되고 있으며, 지구생명력이 크게 위축되어 병들어가고 있는 상황적 현실에 직면해 있다 해도 틀리지 않는다.

우리는 '그 너른 바다에서 모래 좀 퍼다 쓴다고 당장 무슨 피해가 있겠느냐?'라고 말할지 모르지만, 또한, '퍼다 쓰면 언젠가는 원래대로 복구가 되지 않겠느냐?'며, 대수롭지 않게 생각하는 경향마저 있지만, 이는 대단히 위험스럽고 무사안일주의에서 나온 무책임한 생각임을 알아야 한다. 분명한 사실은, 지구 한 덩이 전체를 한 눈에 통찰해 보면, 어디선가 웅덩이를 하나 파면 또 다른 어디선가는 깎이거나 무너진다는 것이 지구가 가진 신비한 생명현상이다. 이 생명현상은, 모든 존재하는 것들 하나하나가 곧 힘의 균형에서 가능한 것인데 그 균형이 깨어지면 어떠한 방식으로든 그 균형을 유지하려는 쪽으로 움직인다는 것이고, 그것이 곧 자연현상으로 나타나는 것임을 분명하게 알아야 할 줄로 믿는다. 그리고 자연의 복원력에 기대어서 기다리기로 하자면, 정말이지 어리석은 생각이요 판단이라 아니 말할 수 없다. 왜냐하면, 지금 우리가 보는 것은 자연이 아주 오래전부터 장구한 세월에 걸쳐서 만들어낸 결과를 보는 것일 뿐인데 그것을 필요하다고 해서 허물어 쓰고 변형시키다보면 복원되기 전에 또 다른 현상들을 불러들이게 되고, 그것이 우리의 안전과 생명활동을 보장해 준다고 볼 수 없기 때문이다. 그래서 자연과 인간의 문명이 조화를 이루어야 하는데 여기에는 과학적이고 합리적인 방법이 전제되어야만 한다.

당장, 아파트 대단지를 건설하고 높은 빌딩을 올리려니 공급이 달리는 골재를 급하다고, 저렴하다고, 바닷모래를 마구잡이로 퍼다 쓰면 그 암울한 미래만 재촉하는 어리석음을 범한다는 사실은 명약관화(明若觀火)한 일이 아닐 수 없다. 중국의 그 유명한 둔황(敦煌)의 명사산(鳴砂山) 가운데에 있는, 그 아름다운 '월아천'의 호수 물도 이제는 수원지가 메말라 물이 점점 줄어들기 때문에 다른 곳에서 급수차로 퍼다가 옮겨놓는 형국이 되었다. 그렇듯이, 각종 유명축제가 열리는 우리나라 어느 해수욕장에서는 바닷모래가 쌓이는 것이 아니라 해안선 따라 즐비한 높은 빌딩들로 인해서 바람의 길이 바뀌어 오히려 모래가 쓸려나가는 상황으로 변해버렸고, 해수욕장으로서 축제장으로서의 면모를 유지하려니 다른 곳에서 모래를 사다가 메워야 하는 상황이 돼버린 것이다. 지금은 그렇게라도 유지하고 있으니 겉보기에는 화려하고 좋아 보이나 미래를 생각하지 않을 수 없다. 오늘의 화려함이 한낱 빛 좋은 개살구가 될 수도 있음을 오늘을 사는 우리는 각별히 유념해야 할 줄로 믿는다.

우리가 살고 있는 지구가 어디라 할 것 없이 사람들에 의해서 빠른 속도로 늙어가고 있고, 병들어가고 있는 현실을 부정할 수 없는데 앞으로 살아남으려면 우리 어민들 스스로가 바다환경에 대한 감시·지킴이가 되어서 자정운동을 벌어야 할 것이다. 대한민국 어민 모두는 어디에서 살든지 간에 아름답고, 깨끗하고, 생명력이 넘치는 건강한 바다가 되도록 일상 속에서 연대하여 운동을 펼쳐나가지 않으면 결코 안 될 것이다. 능력이 없어서 정부가 무관심하거나 못하면 한수총을 비롯 유관단체들이라도 나서서 구체적인 행동지침을 마련하고 실천에 옮겨야 할 줄로 믿는다.

나는 이 분야의 전문가가 아니지만 국민의 한 사람으로서 평소에 이런 생각을 해왔다. 곧, 바다에 생활쓰레기 투척하지 말고, 오염물질 버리지 말며, 태풍·홍수·쓰나미 등 자연재해로 버려지게 되는 육지의 쓰레기를 최소화시키고 제거하는 방안을 강구하며, 유조선 충돌이나 침몰 등으로 인한 기름 유출사고 등에 대비해서도 만반의 준비태세를 갖추고 그 대응능력을 키워나가야 할 줄로 믿는다. 그리고 싹쓸이 조업이나 바다환경과 생태계를 파괴하는 일체의 어로·수렵 행위를 하지 말아야 하며, 돈이 된다는 이유에서 낚시꾼들의 바다오염을 방조 방치해서도 결코 안 될 것이다. 뿐만 아니라, 수산물 수확에서 가공·판매에 이르기까지 민주적이고 투명한 방식으로 적정한 시장가격이 형성되게 하고, 인심이 좋아야 결국 사람들이 믿고 찾는다는 사실을 알고 각별한 노력이 필요하다고 본다.

앞으로 가치가 있고 값이 나가는 것이 있다면, 그것은 다름 아닌, 사람이 사람을 믿는 가운데 먹고, 구경하며, 체험하는 과정에서 건강을 담보해주는 깨끗하고 신선한 먹을거리와, 훼손되지 않은 아름다운 자연환경과, 그곳에서 살아가는 사람들의 정직하고 순박한 마음씨 등이 아닐까 싶다. 이것이 무너지면 언제 어디서든 찾던 사람들조차 쉬이 발길을 돌리고 만다는 사실을 유념하고서 우리 모두가 다함께 노력해야 할 줄로 믿는다.

바닷모래 채취 문제도, 그 실상과 피해를 바로 이해하고 범국민적으로 널리 알리어 같은 생각 같은 마음을 내도록 노력해야 할 것이다. 그렇지 않고서는 정치인 스스로가 앞장서서 해결해 주지 않는다. 미안한 얘기이지만, 우리나라 정치는 마지못해서 밀려가는 꼴이지 앞서 이끌어가는 쪽은 결코 아니기 때문이다.

-2018. 01. 17.

바닷모래와 상아탑의 엉터리 조사보고서

정정길

1.

2013년 모 대학이 한국수자원개발공사로부터 발주를 받아 수행한 남해배타적경제수역(EEZ)의 모래를 채취하여 어업에 미치는 피해조사를 실시하고, 그 결과를 2015년 11월에 발표하였는데 사실상 엉터리라고 밝혀졌다. 이 같은 사실은 이 엉터리보고서를 토대로 아무런 영향이 없다고 주장해온 한국골재채취협회가 해양관리공단(KOEM)에 의뢰해 용역한 남해 EEZ 골재채취단지 어업피해조사결과에서 확인된 것이다. 똑 같은 지역에서 똑 같은 시료로 용역 조사한 결과일 텐데 왜 이렇게 상이한 결과가 나온 것일까.

2.

한 곳은 그야말로 진실만을 말 할 수 있는 상아탑이다. 어떤 경우가 되었건 간에 정의를 생명으로 삼고 정직을 사명으로 가르치는 상아탑이다. 그런데 이런 일이 그런 상아탑에서 저질러졌다는 점에서 심히 유감스럽게 생각하지 않을 수 없다는 점이다. 이것은 국민을 속이고 사회를 기만한 행위가 아닐 수 없다. 우리에게도 미래가 있는가. 묻지 않을 수가 없다. 그 어떤 총칼 앞에서도 당당히 맞서서 싸우고 진실만을 알려야 하는 학문의 전당인 상아탑인데 말이다.

3.

우리 국민은 아무것도 모른다. 바다에서 어떤 일이 일어나고 있는지. 어떤 문제가 발생하고 있는지 환경이 어떻게 파괴되고 자행을 당하고 있는지 모른다. 그런 진실을 적나라하게 조사한 기관이 적어도 속 시원하게 알려주어야 했었다. 그런데 숨기고 적당히 얼버무리고 말아야 했단 말인가. 의혹이 가는 대목이 아닌가.

4.

바다는 지금 몇 시인가. 어업인들의 목소리에 귀를 한 번 기울여봅시다.

바다는 늘 새벽이다. 늘 깨어 있기 때문이다. 지구 전체 면적의 70.8%가 바다이다. 바다는 우리에게 환경정화를 해주고 식량을 공급해주며 국민건강을 지켜주는 절대적인 역할을 담당하고 있는 것이 바다다. 이런 환경을 조성하고 꾸며주고 있는 우리바다의 모래를 지난 10년간 자그만치 1억495십만m²나 파헤쳐버렸다. 그래서 동서남해 곳곳에 있는 바닷모래가 사라지고 그곳에 살거나 오고가는 고기떼들이 자취를 감추기 시작했다고, 여기에 생업을 걸어놓고 있는 어민들의 호소입니다. 어떻게 하면 좋겠습니까. 오늘 하루 잘 먹자고 내일을 망쳐서야 되겠습니까. 이런 적폐가 지난 10년 넘게 동서남해의 해안에서 자행되고 있습니다.

5.

아무도 탓하는 사람이 없습니다. 오히려 아무 피해가 없다고 큰 소리 치며 계속 모래를 채취해야 한다고 온 동네를 휘젓고 다니고 있는 실정입니다.

국민이여. 이제 모래의 생리를 한번 들어보시지요.

모래는 1년에 고작 0.02mm도 쌓이지 않는다고 합니다. 그러니 1cm 정도가 쌓이기까지 500년이나 걸리고요, 1만 5천년이라는 긴 시간이 걸려야 쌓인다고 합니다. 그리고 바닷모래를 한번 파헤치고 나면 다시는 복원할 수 없다고 하니 이를 계속 파먹도록 해서 되겠습니까. 국민건강생활과 직결되는 환경보호문제로서 절대적이고도 최우선적으로 보호되고 보전되어야 할 바닷모래인 것입니다.

6.

그런데도 불구하고 용역을 받아 행한 피해연구조사 결과에는 이렇게 보고하고 있습니다. "골재채취로 인한 어업피해 영향은 미미하며, 골재채취단지는 육지로부터 70Km 떨어져 있고 남해 면적의 0.0001%에 불과하기 때문에 그 영향을 무시해도 될 정도로 규모가 작음"이라고 결론을 내렸습니다.

7.

그런데 해양환경관리공단(KOEM)에서 2017년 12월 7일 대전 예림인재교육센터에서 개최한 최종조사보고서에서는 모 대학이 조사한 내용을 뒤집는 결과가 보고되었습니다. 또 그 대학의 조사결과 보고가 부실하다는 주장도 제기되었습니다.

다시 말해서 피해가 있다 없다, 이런 사실관계의 결과를 누가 책임지고 풀어야 하는가. 정부다. 이를 알고도 모르는 척하는 정치권도 그 책임을 면치는 못할 것이다. 반드시 짚고 넘어가야 할 적폐 중 적폐가 아닐까. 학계, 건설업계, 정계와 관계도 다 썩어 손도 댈 수 없는 처지가 되어버렸는가. 제대로 된 말 한마디조차 나오지 않는다는 것이 말이다. 국토가 파괴되어 신음하고 있는데도. 그럼 누가 나서야 하는가. 국민이다. 국민이 나서주어야 한다.

8.

어쨌든, 정부는 대책이라는 것을 내어놓았다. 2017년 12월 28(목) 일자 국무조정실에서 보도 자료를 통해 발표했다. 자료에 따르면 이러하다.

"산림모래 · 부순 모래 확대다. 22년까지 바닷모래 비중 5% 수준으로 감축한다는 것이다. 그리고 바닷모래 채취 금지구역 · 기간지정, 채취 깊이 제한, 복구 의무화다."

9.

그런데 이에 대해 어업인들의 목소리는 어떠한가. 반대다. 바다에 대한 사형선고이자, 어민들에 대한 사형선고라는 것이다. 그 이유는 다음과 같다.

첫째, 2004년 정부종합대책을 그대로 답습하고 있는 기만행위라는 것이다.

둘째, 2004년 이후 사후관리는 없고, 마구잡이식으로 바닷모래 채취를 더 부추겨 왔다는 것이다.

셋째, 138만 수산인의 한 맺힌 절규는 외면하고 건설업계의 '모래대란'이란 말로 국민호도를 하고 있다고 강변한다.

넷째, 연 27조원 부가가치를 창출하는 수산산업을 벼랑 끝에 세우고 사형선고를 내린 만행이라는 것이다.

다섯째, 바닷모래 채취는 수산인 생존의 문제이고 후손에게 물려줄 미래가치를 훼손하고 있는 행위라는 점이다.

여섯째, 훼손된 해양환경 先복구와 과학적 영향조사 실시를 비롯하여 바닷모래 채취를 전면중단하고 이를 수용하지 못한다면 모든 해역에서 어업생산을 중단하겠다고 선언했다.

이 피해는 고스란히 국민 몫으로 돌아가는데 정부는 수입을 통해서 해결하겠다고 나설 것이다. 이렇게 될 때 국민적 저항도 불사할 사태도 올지 모른다.

10.

첫 단추가 잘 끼워져야 했었다. 그러나 엉터리조사 보고서를 놓고 왈가불가하면 뭘 하겠는가. 정부의 의지다. 정권적 차원의 반대가 아니다. 국가적 차원의 국토보존과 환경보호와 어업생산 활동보장이라는 국민기본의 생존권과 관련되는 중대한 국가적 사안이다.

'무조건 바닷모래 채취는 영구 금지'되어야 한다.

11.

이제 다음의 말로 끝을 맺으려고 한다.

1908년 농상공부의 장관과 동부 수산국장이 남긴 글이다.

"우리나라는 삼면이 바다로 둘러싸이고 내륙에는 하천, 호수가 곳곳에 있다. 바다의 利를 이웃 나라에 넘겨주지 말고 성실히 개발하면 수산으로서 국민 생활을 윤택하게 할 수 있을 것이다. 이것을

개발하고 권장하면 크게는 온 나라의 대 재원의 하나가 될 것이요,
작게는 국민 한 사람의 기업의 수단이 될 수 있을 것이다.”

"수산의 이는 능히 나라의 부를 증진시킬 수 있는데, 이제까지 내
버려둔 채 그 이용 방법을 모르고 살아왔다. 그래서 항상 식자들은
이것을 슬퍼하고 아까워 해 온 바이다.”

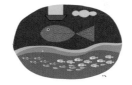

모래가 사라진다면?

도혜 김혜진

　내가 사는 곳은 섬진강이 옆으로 흐르는 광양시다. 강을 두고 경상도와 전라도가 서로를 이웃하며 잘살고 있다. 질 좋은 모래가 많은 섬진강 덕분에 강 주변에 둥지를 튼 사람들은 섬진강의 재첩을 채취해서 생계를 이어가는 사람들도 있고 일상생활에도 많은 보탬이 되고 있었다.

　섬진강은 곡성, 구례, 하동, 광양을 끼고 광양만으로 흐르는 아름다운 강이다. 은어가 살고 있고 재첩 또한, 많이 산다. 섬진강 재첩국은 전국에서도 유명하다. 섬진강 맑은 물과 곱고 질 좋은 모래가 무진장 있어 우리 집은 30년째 모래를 이용한 가업을 이어가고 있다.

　하지만 1997년에 섬진강 모래가 점점 줄어든다는 환경처의 발표가 뉴스를 통해 흘러나왔다. 1998년부터 섬진강 휴식년제가 5년간 발표되었다. 섬진강의 모래는 어느 강의 모래보다 강도로 보나 품질로 보나 최고의 모래로 알아준다. 그래서였는지 일제시대에는 일본으로 수출까지 했었다.

　자연이 주는 선물인 모래가 고마운 줄도 모르고 마구 파내서 외국에다 팔아먹고 이제는 생태계마저 위협하게 되었다. 섬진강 휴식년

제가 발표된 지 20년째지만 섬진강 휴식 년제는 풀리지 않았고 전국에서는 모래 파동까지 생겨나기 시작했다. 가업이 모래사업이다 보니 모래에 관한 모든 정보나 뉴스에 아주 민감하다. 어쨌거나 모래가 있어야 가업을 이어갈 수 있으니 이만저만 곤란한 게 아니었다.

모래가 있을만한 곳을 전국으로 수소문해서 비싼 운송비를 물어가며 간신히 가업을 이어나갔다. 그러던 중 어느 모래업자가 바다에서 모래를 준설해서 판매한다는 소식을 전해 들었다. 귀가 솔깃해졌다. 급기야 바닷모래를 배로 운반해서 염분을 씻어내고 근근이 가업을 이어가고는 있지만, 그마저 언제 그만두게 될지 모르는 상황이다. 바다도 모래가 고갈되어 채취가 금지되었기 때문이다.

바다 속의 모래를 무한정 파 내다 보니 바다 속 생태계마저 황폐해져 미생물이 살지 못하니 해초류가 자라지 못하게 되고 고기들의 먹이가 되는 작은 생물들이 사라지고 바다 사막화 현상이 심각해지자 물고기 개체수도 점점 줄어들어 해마다 근해의 어획량이 줄어든다는 뉴스가 종종 흘러나온다. 바다라고해서 무한정 모래가 솟아날리 있겠는가? 바다의 모래도 무차별 건져 올리다보니 바닷모래도 준설이 금지되고 말았다.

장마에 태풍이 불고 폭우가 내려 물 난리가 날 때마다 저지대에 생활터전을 잡은 국민들은 수해로 많은 피해를 입기도 한다. 하지만 높은 산에서 많은 양으로 쏟아져 내리는 빗물 덕분에 모래가 마구 쓸려 내려와서 좋은 점도 있다. 빗물에 쓸린 모래는 강을 거쳐 바다로 흘러 들어간다.

모래는 강을 거쳐 바다로 흘러 들어가면서 강이나 바다에 퇴적을 이루어 많은 생물과 미생물의 삶에 터전이 되기도 하고 씨앗들을 자연적으로 옮겨 강 언저리에 숲을 이루기도 해서 여러 가지로 사람에게 이로움을 주고 있다.

언제부턴가 강으로 자연스럽게 흐르는 물길을 사람들이 편리하게 마음대로 바꾸어 버리자 생태계는 점점 발붙힐 곳을 잃어 가고 있다. 눈으로 보이거나 현실감이 느껴지지는 않지만 인간이 자연에 미치는 영향이 매우 크다고 하겠다.

삶의 터전을 서서히 잃고 갈 곳이 없어진 많은 생물들이 하나 둘 사라져가도 사람들은 그러한 위험을 깨닫지 못하고 그런가보다 한다. 강이나 바다의 작은 생물이나 미생물이 사라진다고해도 사람들은 현실적으로 알지 못하고 관심조차 없이 잘들 살아 간다. 어찌 어제 오늘의 일이겠는가! 수십년 반복되는 동안 눈에 보이지 않는 많은 종의 생물들이 이 땅에서 사라지고 먹이사슬마저도 위태롭다.

먹이사슬의 맨 꼭대기에 앉은 사람들의 손으로 하나하나 파괴했지만 자각하지 못하고 자연의 일부인 작은 모래알갱이 한 알의 소중함을 모른 채 무심히 산다. 강이 살아야 바다가 살고, 바다가 살아야 우리의 삶이 풍족해 진다. 어부들이 부르는 만선의 뱃노래가 항구마다 들려와야 시장 상인들도 생기가 돌고, 서민들의 장바구니에 고등어 한 마리라도 더 살 수 있다.

저녁 밥상에 올라온 묵은지 고등어 조림 한 가지만 있어도 가족들은 기분 좋게 도란도란 하루 일을 얘기하며 행복한 내일을 설계한다.

"여보! 오늘 하루도 수고 하셨어요." "당신도 수고했소.", "오늘 저녁 반찬은 묵은지 고등어 조림으로 준비 했어요.", "먹음직하구려.", "내일은 오징어 볶음을 매콤하게 준비 할께요. 소주도 한 잔 하시구요, 호호."

얼마나 정겨운 모습인가! 이제는 행복한 저녁 식사의 아름다운 모습도 머지않아 TV 드라마 속에서나 볼 수 있을지 모른다. 그 많은 고 등어도 개체수가 점점 줄어 들고 오징어도 해마다 동해바다에서 잘 잡히지 않는다고 한다.

자연이 위험하다!

모래가 사라진다!

바다가 많이 아프다!

바다의 모래를 한 톨이라도 살리자!

우리 손으로!

복어(鰒魚)에 대한 추억

장인성

송나라 때 시인 소동파가 '죽음과도 바꿀만한 맛'이라고 극찬했던 생선이 있다. 맹독성 어종으로 피와 내장을 제거하지 않고 먹으면 죽을 수도 있는 복어를 두고 한 말이다. 지금이야 전문적인 조리사가 있어 안심할 수 있지만 옛날에는 어설피 손질한 복어를 먹고 목숨을 잃는 경우가 허다했다. 그러나 그 맛이 어찌나 오묘한지 목숨을 내놓고서라도 탐식할 수밖에 없던 복어의 종류는 세계적으로 약 100여 종이나 되는 것으로 알려져 있다. 그 중에서 최고로 치는 것이 배 부위가 누런 황복어(黃鰒魚)인데 '천계(天界)의 옥찬(玉饌)'이라는 찬사를 들을 만큼 천하제일의 맛을 자랑하고 있다.

동의보감을 비롯한 의서에 이르기를 황복은 기운을 보해주고 하초가 축축해지는 증상을 없애며, 신경통이나 관절통 같은 통증과 치질을 치료해주는 효능이 있다고 한다. 현대의학에서도 숙취해소·항암효과·성인병 예방에 좋은 것으로 보고될 만큼 몸에 좋은 성분이 풍부하다. 그래서 최고의 보양식으로 대접받는 황복은 맛과 약성뿐 아니라 복을 불러오는 행운의 물고기로도 알려져 있다.

재물을 상징하는 누런 황금빛을 두르고 있고, 복(鰒)이라는 이름이

복(福)과 같은 발음이어서 그런지 이재에 밝은 아랍인들도 황복을 행운을 가져다주는 고기라 하여 그 껍질로 지갑이나 돈주머니를 만들어 차고 다니기를 좋아한다. 이처럼 여러모로 이로운 어종이 가장 많이 잡히던 곳이 강화해역이다. 특히 강화군 하점면에 있는 창후리 포구가 어판장으로 홍청대던 1990년대까지만 해도 어선들이 쏟아 놓은 황복이 산더미처럼 쌓였다고 한다. 그때는 배 위에서 직접 경매로 넘기는 파시(波市)가 열렸을 정도여서 귀족어종인 황복으로 해장국을 끓여먹는 호사를 누리기도 했던 것이다.

그러나 한국 제일의 황복마을을 자랑하며 팔도의 식도락가들을 불러 모으던 창후리포구도 지금은 문을 닫아걸고 말았다. 인근해역에서 황복이란 놈을 찾아볼 수가 없게 된 것이다. 그래서 황복을 되살리겠다고 복어의 어린 치어를 대대적으로 방류하는 등 온갖 노력을 기울여보았지만 별무신통이어서 원인을 알아보았더니 바닷모래가 사라졌기 때문이라는 것이다. 바닷모래는 해양생물들의 주요산란장 역할을 한다. 모래가 있어야 난소에 산소가 공급되어 한 생명체로 부화할 수가 있기 때문이다. 그런데 강바닥을 파헤치는 바람에 바다로 흘러드는 모래나 자갈이 부족한 것이고, 무릇 바다생명들이 진흙에 산란을 해보았자 산소부족으로 부화가 되지 않기 때문에 개체수를 불려갈 수가 없는 것이다.

불과 20여 년 전까지만 해도 강화해협은 그야말로 물 반, 고기 반의 황금어장이었다고 한다. 지구상에서는 유일하게 한강. 임진강. 예성강 등 3개의 큰 강줄기가 흘러드는 삼수합지(三水合地)로서, 그 강줄기들이 실어 나른 모래와 퇴적물이 세계에서 다섯 손가락 안에 드는 거대한 사질갯벌을 형성해놓았다. 그리고 그 사질갯벌로 하여 바다가 정화되고 각종 해양생물들의 먹잇감이 차고 넘쳐서 뭇 바다생명들의 천국이 되어주었던 것이다.

특히 1990년대 까지만 해도 강화해안에서 잡히는 젓새우가 전국 젓갈시장의 80%를 차지할 정도로 이 나라 최고의 새우서식지로 명성을 날렸다. 그렇다 보니 새우를 좋아하는 농어 조기 숭어 웅어 복어 뱀장어 망둑어 같은 탐식가들도 이곳으로 몰려들 밖에 없었던 것이다. 고기가 몰려들면 고깃배도 몰려들기 마련이다. 강화해안에 있던 70여 개의 포구마다 크고 작은 고깃배들이 그득하게 들어찼었는데, 그 수가 얼마나 많았던지 이어진 뱃전을 다리삼아 섬과 섬을 왕래할 정도였다고 한다.

그러나 그 때의 영화롭던 이야기는 전설이 되어버리고 말았다. 이곳으로 흘러드는 한강을 비롯하여 임진강이고 예성강이고 간에 강바닥에 쌓인 모래를 사정없이 후벼 파가는 통에 바다로 흘러들 모래가 없다. 당연히 바다에도 모래가 부족하게 되었고, 온갖 해양생물들의 산란장이 파괴됨으로써 그토록 풍요롭던 어족자원이 고갈되고 만 것이다. 그 결과 수천 척이나 되던 강화해협의 고깃배들이 지금은 백여 척에도 이르지 못하고, 70여 개나 되던 포구가 13개밖에 남아있지 않다. 하찮아 보이는 바닷모래 한 알이 사라질 때마다 해양생물도 사라지고, 고깃배도 사라지고, 포구도 사라지고 마는 것이다.

붉은날치가 날아왔다

김목

해질녘입니다. 점점 해가 커지더니 마침내 바다로 들어갑니다. 잔잔히 파도가 일자, 바닷물은 마치 부글부글 끓는 듯합니다. 짙푸른 바닷물은 아궁이 같고, 둥근 해는 불덩이 같습니다.

싸리비로 쓸어놓은 듯 서쪽 하늘에 깔려있던 새털구름이 타오르는 불꽃처럼 보입니다. 그 틈새에서 날아왔나 봅니다.

빨강고추잠자리입니다. 바닷가 언덕 소나무 숲을 지나 벼농사를 짓는 논을 지납니다. 깨와 콩, 고추와 마늘, 채소를 가꾸는 밭도 지나 마을로 갑니다.

마을 앞에는 버스정류장이 있고, 상점이 있습니다. 거기서 시작해서 고샅길을 따라 집들이 이어집니다. 경옥, 민호, 영지, 수현이 집이 있고, 맨 위쪽이 남이 집입니다.

빨강고추잠자리는 남이 집까지 날아갔습니다. 꽤 먼 거리인데도 단숨에 날아서 마침내 남이 집 울타리가의 해바라기 꽃에 앉았습니다.

"어, 처음 보는 빨강고추잠자리네."

방에서 나오다 남이는 깜짝 놀랐습니다. 그렇게 큰 빨강고추잠자리는 처음입니다. 어찌나 크던지 빨강고추잠자리의 몸무게에 눌려 해바라기의 허리가 휘어졌다 펴졌다, 흔들흔들 흔들거립니다.

"널 만나러 왔어."

남이는 또다시 놀랐습니다. 빨강고추잠자리가 말을 걸었기 때문입니다.

"어! 빨강고추잠자리가 말을 다하네."

"그래, 난 너희들처럼 말을 할 수 있어. 그런데 사실은 난 빨강고추잠자리가 아냐."

"빨강고추잠자리가 아니라고?"

"그래, 난 날치야. 날치들의 왕, 붉은날치야."

"붉은날치?"

"그래. 널 만나기 위해 여기까지 온 힘을 다해 날아온 거야."

"날 만나기 위해 온 거라고?"

"그렇다니까. 그런데 너 나에 대해서 알고 있니?"

"마치 새처럼 나는 물고기라고 해서 날치라고 부른다는 건 알고 있어."

"맞아. 난 날 수 있는 날개가 있는 바닷물고기야. 몸 크기는 보통 30~40cm야. 두 가닥으로 갈라진 꼬리지느러미는 아래쪽이 더 길지. 우리들 날치의 몸 색깔은 등은 푸른색, 배는 흰색이지, 그런데 난 날치들의 왕인 붉은날치야. 날치왕은 붉게 타오르는 해처럼 붉은색의 몸을 가졌지. 그리고 보통 날치는 큰 물고기에게 쫓겨 위험해지면 10m에서 400m까지 바다를 날아서 몸을 피하지. 하지만 날치의 왕인 난 마음만 먹으면 바다 끝에서 바다 끝까지 날아갈 수도 있지."

자신을 날치들의 왕이라 소개한 붉은날치는 날치에 대해 이런저런 얘기를 해주었습니다.

"잘 알겠어. 날치에 대해 알게 해주어서 고마워. 그런데 왜 날 만나러 온 거야."

"그건 말이야. 우리들 생존이 위험해져서야. 그래서 네 도움을 받으러 온 거야."

"내 도움을 받으러 왔다고?"

"그렇다니까. 꼭 좀 도와줬으면 해."

"알았어. 내가 할 수 있는 일이면 도와줄 테니, 무슨 일인지 말해봐."

"너 잘 알고 있지? 지금 너희 마을 앞 바닷가에 시멘트로 둑을 만들고 있다는 걸?"

"그렇지. 거긴 해수욕장이야. 우리 고장에서 가장 경치가 아름다운 곳이지. 깨끗하고 고운 모래를 찾아 해마다 관광객이 늘어나고 있어서 개발을 한다고 했어. 바닷가에 둑을 쌓고 관광객을 위한 숙소며 상점 등 여러 편의시설을 갖출 거라고 했어."

"바로 그거야. 그것 때문에 지금 우리들 목숨이 위험해졌어."

"왜? 무슨 이유로?"

"우리 날치들은 늦봄인 5월부터 한여름인 7월경까지 바닷가에 떼로 모여서 바닷말 속에 알을 낳지. 그런데 사람들이 바닷가를 개발하면서 우리들 삶터가 사라져가고 있어. 사람들이 바다 속 모래를 마구 파가는 바람에 바닷말들이 살 수가 없는 거야. 바닷말들이 살 수 없으니, 우리들도 알을 낳을 수 없게 된 거야. 그뿐이 아냐. 바닷가를 둑으로 막아버리니까, 갯벌도 사라지고, 모래밭도 사라져버리고 있어. 우리들 날치는 물론 바닷가에 살던 수많은 생명체들의 삶터가 사라져버리는 거야. 이제 우리들은 다 죽은 목숨이야. 흑흑흑!"

날치들의 왕이라는 붉은날치의 눈에 굵은 눈물방울이 그렁그렁

맺히더니, 주르륵 굴러 떨어졌습니다.

붉은날치의 말을 들으며 남이의 마음도 울컥해졌습니다. 가슴이 답답하고 눈물이 쏟아지려했습니다.

"아버지께서 바닷가에 둑을 막고, 개발을 하면 우리 마을이 살기 좋아질 거라고 했어. 그런데 너희들에게는 죽음과 같은 일이구나."

"그렇다니까. 우리들 바다 식구들에겐 삶터는 물론 생명까지 잃는 일이지. 그동안 우리들은 바닷가를 개발할 때마다 새 삶터를 찾아 옮겨 다녀야 했어. 그런데 이제 이곳마저 개발해버리고 나면 우린 더 이상 갈 곳이 없어. 그러니 꼭 좀 도와줘."

"알았어. 도와줄게."

"고마워. 그럼 난 이만 가볼게."

남이에게 고맙다는 말을 하고 붉은날치는 날개를 활짝 펼쳤습니다. 해바라기 꽃에서 하늘로 날아올랐습니다.

"잘 가!"

저녁 햇살 속으로 날아가는 붉은날치에게 손을 흔들어준 다음 남이는 마을로 내려갔습니다. 경옥, 민호, 영지, 수현이를 만나 날치들의 왕인 붉은날치 얘기를 하고 의논을 해볼 생각이었습니다.

먼저 제일 가까운 수현이 집으로 갔습니다.

"수현아!"

"남이구나. 그러잖아도 널 만나러 갈 참이었어."

"나를?"

"그래. 방금 날치들의 왕이라는 붉은날치가 날 찾아왔어. 그리고 우리 마을 앞 바닷가를 막는 시멘트 둑 때문에 자신들의 목숨이 위험해졌다며 도와달라고 했어. 그래서 너를 비롯해서 경옥, 민호, 영지를 만나서 의논하려고 했어."

"좋아. 그럼 경옥, 민호, 영지를 만나러 가자."

남이와 수현이는 경옥, 민호, 영지를 만나러갔습니다. 아! 그런데 마침 기다렸다는 듯 경옥, 민호, 영지를 만났습니다.

"우리도 너희들을 만나러 가고 있었어."

"그래? 그럼 너희들도 날치들의 왕 붉은날치를 만난 거야."

"그렇지. 붉은날치가 도와달라고 했어. 그래서 너희들과 의논을 하려고 했지."

"그러니까 우리 모두 그 붉은날치의 부탁을 받은 셈이구나."

"그러네. 그럼 우리 어떻게할까?"

"어떡하긴? 도와줘야지."

"좋아. 그렇다면 도와줄 방법을 생각하자. 어떻게 하는 것이 좋을까?"

"여러 방법이 있을 거야. 응, 그러니까 붉은날치에게 들은 얘기를 글로 써서 사람들에게 알리면 어떨까?"

"좋은 생각이야. 포스터 그림으로도 그리자. 붉은 날치를 그린 다음 '나를 살려주세요?'하고 써서 바닷가 시멘트 둑 공사현장에 붙이기로 하자."

"공사현장 뿐만이 아니라, 우리들의 글과 그림을 가지고 군수님도 찾아가자."

"신문사도 찾아가고 방송국에도 가자."

"그래. 그리고 글과 그림을 대통령님에게도 보내드리자."

"좋아. 그러려면 우리 힘만으로는 안 될 거야. 그러니 우리와 뜻을 같이할 사람들도 모으자. 먼저 선생님, 삼촌, 이모, 형, 누나들의 도움부터 받도록 하자."

"그거 좋은데. 쇠뿔은 단김에 빼라고 했어. 그럼 당장 집으로 가서

글도 쓰고 그림도 그리자. 그런 다음 다시 만나자."

"알았어."

"우리 힘을 내자. 그런 의미에서 '아자, 아자!'하자."

"암, 붉은날치는 물론 바다의 모든 생명들을 위해 힘껏 싸우자."

경옥이, 민호, 영지, 수현, 남이는 마치 운동선수처럼 손을 한곳으로 모았습니다. 하나, 둘, 셋에 힘차게 '아자, 아자!'를 외쳤습니다. 그리고 글을 쓰고 그림을 그리기 위해 집으로 갔습니다.

마침내 둥근 해는 바닷물 속으로 들어가 버렸습니다. 그렇지만 붉게 물든 새털구름은 한동안 더 그림으로 하늘에 남아있었습니다.

바다 갤러리

서예·그림·사진

생명의 근원은
바다며 영원하라

무술년 원단에 화음 안정규 쓴다

화음 안정규 作

바다 모래는
산란장이오
쉼터요
은신처오
일상의 터전
으로서
바다 생명의
보금자리이다

石泉

석천 김기섭 作

석저 추진호 作

海沙採取小貪大失

오늘 작은 것을 탐하다 내일 큰 것을 잃는다

이천십팔년 정초에 본천 최장규

사라진 모래는
다시 돌아 오지 않는다

무술년 새봄 로쉴현주인 평암

문천 최장규 作   평암 이현준 作

바다 사랑 모래 사랑
수산 보국 어촌 부흥

石泉

석천 김기섭 作

바다 모래 바다 생명 보금 자리

이천 십팔년 새 해 아침 石泉

석천 김기섭 作

내일은 추억의 모래성을 쌓았다 헐었다 할 수 있을까

이천십팔년 정초에 문천 최장규

문천 최장규 作

바다모래는 우리들의 친구

이천십팔년 새봄 초설 헌주인 평암

평암 이현준 作

水產之利 國富增强

戊戌新春 盧雪軒人 夢齋散人

子孫萬代 漁利圖謀

戊戌年新春 婼雪軒人 夢齋散人

몽제 이현준 作   몽제 이현준 作

도선 김용현 作「河口」수묵담채 43cm×47cm

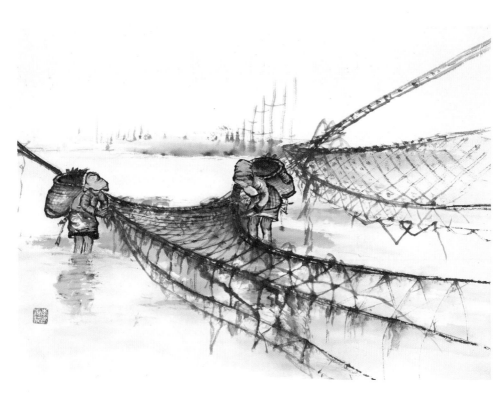

의진 이순화 作 「굴 수확」 수묵담채 66cm × 48cm

고원 강춘진 作「모래와 목단」채색화 55cm×72cm

송죽 송흥호 作 「바다의 죽음」 유화 40cm×26cm

묵제 김장수 作「천지수」수묵화 70cm×50cm

송제 정상엽 作 「모래가 쓸려가는 해안」

송제 정상엽 作「바닷모래는 미래유산이자 사랑이다」

부유사 확산 3

바닷모래 채취 현장·1

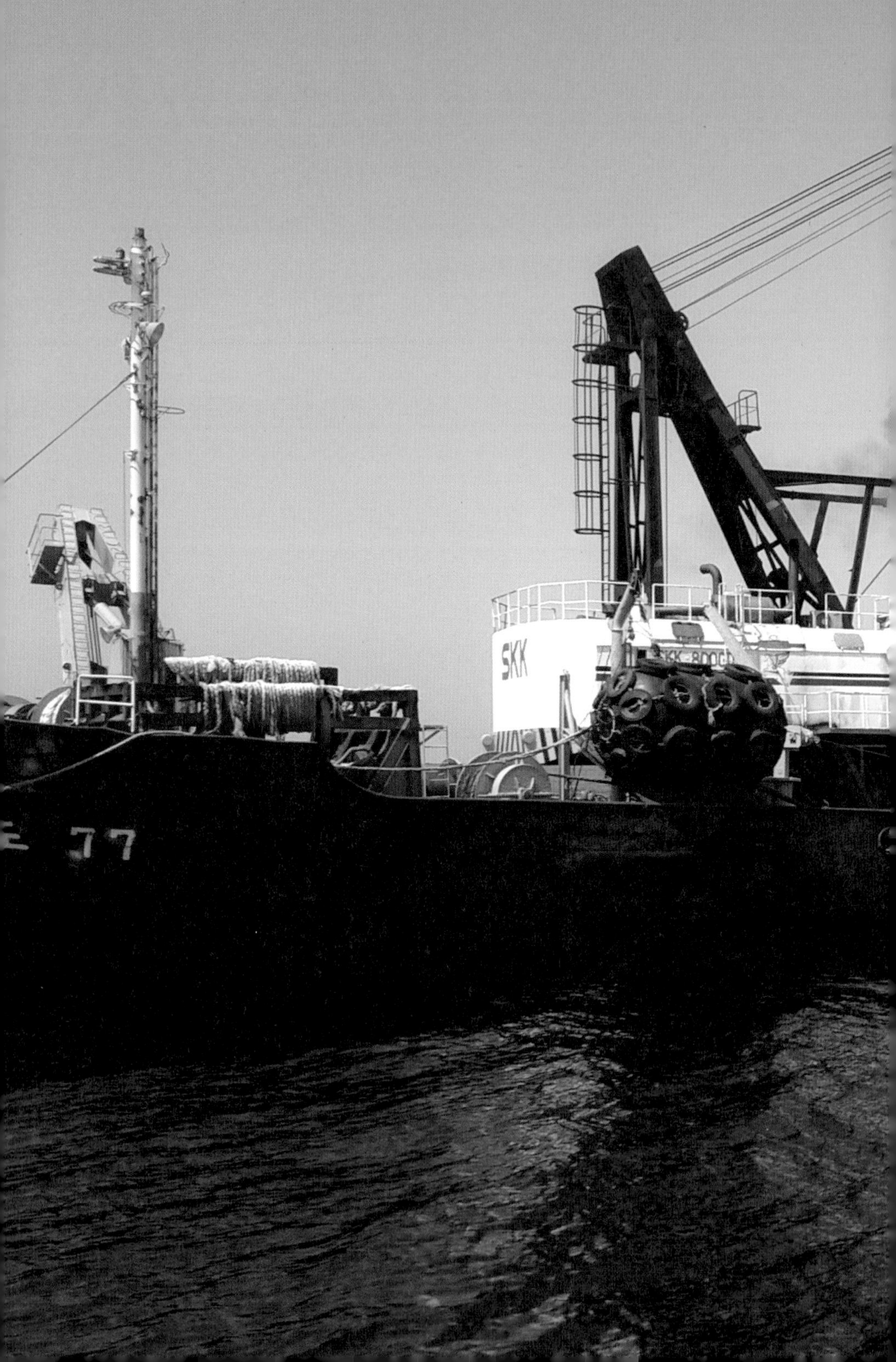

바다, 그리움, 사랑

바다의 존재

가산(嘉山) 서병진

그 옛날 창조주가
한 겹 휘장을 펼쳐 하늘빛을 채우고
땅의 모퉁이에 일어나는 바람을 불렀다 한다
하늘빛을 닮았고 바람을 안았으니
끝없는 생명의 역동은 정한 운명이던가

도도한 땅의 경계를 향해 온몸으로 달려들다
매번 거친 숨을 내쉬며 돌이키고
다시 또다시 높고 넓은 터를 탐하며
기력이 다하도록 쉼 없이 달음질 한다

세월을 잊은 바다의 일상 앞에
햇살 아래 풍요롭고 나른한 황금빛 모래도
땅의 경계를 맡은 충직한 바위벽도
깊은 탄식으로 젖은 발걸음을 붙든다

엄격한 바위벽 눈매에 간절함이 맺히다
먼 길을 달려온 바다와 가슴을 부딪치며
거침없이 목청껏 깊은 속을 털어내고
긴 허리로 누운 무료한 세월의 햇살 모래도
물길 발자국마다 하얀 꽃잎을 준비한다.

바다

가산(嘉山) 서병진

넓으면 넓고
깊으면 깊은
시작 끝도 없는 바다
시간을 넣어 그려봐도
그려지지 않는 도화지

망망대해 넘실대는
물결에 하얗게 부서지는
파도에 엉기고 뒤얽히는
푸른 물결에 가슴 쪼이는
삶을 노래로 보낼 수 있는 바다

하늘과 땅
바다의 존재를 거울에
비춰도 비치지 않는
그 생김 차곡차곡 쌓아 둔 바다

신비함을 감추어
욕심쟁이처럼 탐하는

서리 밭 서리꽃 피는 꽃처럼
그 누구도 가치의 삶을
헤아릴 수 없는 크나큰 하나의
우주의 영역 바다이어라.

몽산포 밤바다

이시환

올망졸망,
높고 낮은 파도 밀려와

내 발부리 앞으로
어둠 부려 놓고 간다.

그 살가운 어둠 쌓이고 쌓일수록
가녀린 초승달 더욱 가까워지고

나를 꼬옥 뒤에서 껴안던
소나무 숲, 어느새 잠들어

사나운 꿈을 꾸는지
진저릴 친다.

그대의 바다가 되고 싶어

이효녕

비 내리고 안개 가득한 날이면
내 마음은 언제나 그대의 넓은 바다가 되었습니다
안개가 뿌옇게 끼어 가물거리는 바다
아무 일도 일어나서는 안 된다는 듯
모두가 가려져 서로 낯선 파도로 만나는
안개 가득한 바다가 되었습니다
내 빗물에 젖은 쓸쓸한 짐승이 되어
추억이 기다란 살굿빛 혓바닥 사이 침을 흘려
언제 돌아올지도 모르는 그대를 기다리며
마음의 떠도는 그리움의 껍질을 벗겨
바닷가 해변에 파도로 씻기고 싶었습니다
몸에 묻은 발자국의 속삭임처럼
망각보다 더 흰 은십자로 오는 파도
허무한 소식들과 그 밑에 쌓인 그리움 때문에
적막이 파도 위로 밀려드는 휴일 오후 세시
순결한 손으로 앞가슴 가려 다가오는
비 오는 날은 그대의 바다가 되었습니다

---

*2008년 10월 목포 국립해양대학교에 세운 시비로 서예가 고암 송경무 님이 글씨 쓰시고 해양대 출신 이
재규 세무사님이 기증하였음.

어은돌 바다

강봉희

달이 구름사이로 들어 왔다가
물고기들이 바위섬에 숨어 산다는
하얀 전설이 물결로 출렁이는
어은돌 바다로 간 달빛 따라 가면
거기서 눈빛 선한 어부들 만난다
도로 섬 사이 영혼 껴안으려 저무는 낙조
하지만 넓은 바다에 이르지 못하고
세월에 그리움만 깊어졌는지
녹색 섬이 되어 파도로 씻기는 마음
그것이 우리의 아름다운 사랑이라면
서로에게 뜨겁게 물결로 흘러가는 거다.

너에게로 가는 길
-신두리 사구를 다녀와서

강봉희

가늘게 떨면서 바다로 흘러가는
바람을 따라가다 보면
사막의 풍경처럼 나타난 모래언덕
물안개 젖은 심연의 바다
안개 헤엄쳐 오는 그리운 뼈들
얼마나 많은 세월 바람이 불어왔기에
이리도 겹겹이 모래가 쌓여 무늬지울까

직립한 지난 억새 끝에 모래 맺히고
한 방울 수분으로 번진 신기루
끝이 없는 얼룩말 무늬해변
일정하게 불어오는 바람으로
낮은 구름 모양으로 쌓인 지형
언덕 오르기까지
얼마나 많은 아픔의 시간이 흘러갔을까

해변과 사구의 경계점에 쌓인 모래 바람의 흔적
파르르 떨고 있는 해당화 무리들의 눈물
너에 대한 가뭄 같은 갈증

너에게 닿지 못하는 터덜거린 영혼
모래 위에서 모래가
모래아래서 마른 억새에 안겨
모래 위에 묻을 너에게로 가겠다.

바다와 나

김신자

그 바다,
하얀 모래가 발가락 사이로
들어와 간지럼을 피우며 잡히지 않던
젊은 시절의 설레임

그 바다,
어린 아이가 둘이 생겨
찾아갔던 서생 여름 바다
갑자기 튜브를 타던 그 엄마가
멀리멀리 사라져 가슴 조이며
구조를 청한 아련함

그 바다,
달빛 밝은 해운대 부드러운 모래
까르르 웃음소리와 함께
평화가 너울너울 춤을 추던
즐거움을 파도에 던졌지

그 바다,

폭우와 비바람으로
머리카락을 휘날리던 태종대
왜 성이 났을까 파도의 울부짖음에
나는 가슴이 뻥 뚫렸지

그 바다,
보령 하얀 모래를 밟으며
하염없이 내 노년이 간다
노을도 노년을 어루만지며
서산으로 지네

그 바다는,
지금도 젊은데
내 마음처럼

남원바다

윤고영

원적의 생성을 논하지 마라
물위를 포롱 날고 있는 새 한 마리
에미의 품속인 양 고요를 부르고 있다

이만큼의 터를 잡은 건
용암이 활로를 찾아
천신만고의 남하를 꿈꾸고부터다

등판마다 실록처럼 배어 있는
바위의 넋 나간 세월
검은 혈이 설움의 투정을 뱉어내고 있다

태평양의 긴 행로를
어제처럼 건너온 부유물
괴목의 뿌리는 태양에 닿아
시간과 말을 잃어 버린 지 오래

밀림의 들소가 바다 위를 걸어간다
노란 감귤의 절정이 꿈꾸는 하늘
남원의 바다엔 향내와 풍경소리
해송의 염불로 하루가 질펀하다

밤배

황두승

밤배는 외롭지 않다.
육중한 기적소리 파도를 잠재우고
피란선이 유람선되어 세월을 가르고
황해바다의 밤이 해 뜨는 태평양의 시작이기에.

밤배는 외롭지 않다.
밤배는 항상 목적지를 감지하고 있기에
칠흑 같은 밤바다에
저 멀리 인기척 나는 해안가 불빛
등대의 불빛
고기 잡는 어선의 불빛
어둠 밝히는 동반자들과 함께 하기에

밤배 위 불꽃놀이, 사람들의 즐거운 눈빛
겨울바람 붙잡고 미소 짓는 동안에
선상 위, 사람들 위에, 폭죽의 불꽃 너머에
속삭이는 수많은 별빛 따라
보일 듯 말 듯 수평선이 가리키는
이름 모를 목적지를 그리워하며
나는 그저 외롭지 않으려고 외롭지 않다.

동해 바다의 모래와 파도

유기흥

또 싸운다
하루라도 잠시라도 쉴 틈 없이
모래와 파도가 또 싸운다

밀고 왔을 때는 파도가 이겼는데
밀려 갈 때를 보면 모래가 이긴다
이겼다가 졌다가 이겼다가 졌다가

서로 한 번씩 나눔으로 주고받는
모래와 파도가 너무 정겹게 느껴진다
싸우다보니 미운 정 고운 정이 들었나보다

모래와 파도의 싸움을 말리려고
고운 신발 안 젖으려고
잰 발걸음으로 까불대는 꼬맹이들의
천진난만한 춤사위가
큰 웃음으로 행복으로 다가온다

동해 바다의 모래가 정겹다

동해 바다의 파도가 사랑스럽다
내 고향 동해가 그리움으로 다가온다

모래와 파도의 승패 없는 싸움이
내 고향 동해를 그리게 한다

모래야 파도야 계속 싸우럼 계속 싸워…

모래옷

유기홍

옷을 입는다
모래옷을 입는다
창피함을 잊게 해주는
모래 옷이 딱 맞는다

빨게둥이의 부끄러움을
가리기 위해 온몸을 던진다
모래밭에 나를 던진다

바다와 모래의 어우러짐에
부끄러움은 어디에 갔는지
깨복쟁이들의 함성 속에
모래가 웃는다

모래가 약속한다
모래옷을 입은 모든 이들에게
웃음으로 즐거웁게
사랑 주고 행복 주며 잘 지켜주겠노라고
모래가 약속한다

바다

강문석

하늘을 애 밴

, ·

만삭이 된

푸른 이슬

그 바다에서

신영옥

배를 타고 떠나는 여행 길
*카프리를 향하는 뱃전에
철썩철썩 감도는 쪽빛 바다 물결이
*나폴리 소렌토로 노래를 부른다

가장 낮은 곳으로 모여들어
가장 넓게 출렁이는 그대를 바다라 부르니

넓고 깊은 그 오묘한 진리가
수많은 생명을 보듬어 기르고
수많은 산호초가 별과 함께 속삭이니
바다여!

그대는 우주의 어머니
억겁을 변치 않을 사랑이어라

부드러운가 하면
때로는 한 치의 불의도 용납치 않는
절대적 군림

물 그림자 하나도
한 주먹의 물도 잡을 수는 없지만

가장 낮은 것이
가장 큰 사랑을 잉태할 수 있다고
꿈틀대는 물이랑이 그려 놓는 수평선

나 그대가 펼쳐 놓는
노을에 취하여
그대 품에 고이 안겨 길을 열고 가리다

*나폴리 &카프리 - 이탈리아 서쪽에 있는 항구와 섬

겨울 바다

김태은

얼마나 가슴 시려 고독의 집을 지었나
무너진 모래톱이 그리워 멍이 들었나
파도는 허벅지 물어뜯으며 쏴쏴 이명을 앓는다.

카사브랑카 해변

김태은

지브럴터 해협 건너 카사브랑카 해변가
파도뿐인 찻집에 앉아 모로코 전통 차를 마시며
저 멀리 대서양에서 질서 있게 밀려오는 파도를 본다.

바닷새는 설핏한 목소리로 울고 가고
해풍에 가는 목 흔드는 예쁜 바다풀꽃들
남극의 바람 신에 취한 듯 숨 가쁘게 꽃춤을 춘다.

하늘빛 바다빛 블르사파야 흩어 놓은 듯
짙푸른 바다 빛은 너무 싸늘해 슬펐다
신이 준 시로도 멋진 바다 풍경 표현 다 할 수 없다.

만리포(萬里浦) 해수욕장

한상철

하늘과 맞닿았지 수평선 파스텔 톤
만리(萬里)랴 백사장 뒤 솔바람 불어오니
어쩌나 연인 수영복 젖가슴 줄 풀렸네

---

* 태안반도 서쪽에 위치하며, 길이는 약 2.5㎞, 폭 약 270m의 북서방향으로 발달된 사빈(沙濱)이다. 태안에서 12㎞ 지점이다. 대천해수욕장·변산해수욕장과 더불어 서해안 3대해수욕장의 하나로 손꼽힌다. 바닷물이 비교적 맑고 모래 질이 고우며, 경사가 완만하여 수심이 얕은 데다, 해변에 담수(淡水)가 솟는다. 백사장 뒤쪽으로 송림(松林)이 우거져 하계수련장으로 활용된다. 주변에는 천리포수목원이 유명하다. 귀화한 미국인 '갈 밀러' 씨에 의해, 1979년에 설립된 한국최초의 민간수목원으로, 현재 약 15,000여 종류의 다양한 식물이 자라고 있다.(한국민족문화대백과사전 인용 수정)
* '만리포 사랑'; "똑딱선 기적소리 젊은 꿈을 싣고서 갈매기 노래하는 만리포라 내 사랑"(중략) 희망의 꽃구름도 동실동실 춤춘다" 반야월 작사. 김교성 작곡. 박경원 노래. 1958년 센츄리 레코드 취입(석비).
* 태안8경 중 제4경.

신두사구(薪斗砂丘)

한상철

신두리 모래언덕 서해안 보물인데

밀반죽 밟는 묘미 뇌세(腦殺) 시킨 선묘(線描)여

구석진 해당(海棠) 한 떨기 찬비 맞아 새치름

---

* 신두리 해안사구의 면적은 약 264만㎡의 방대한 규모로 서해안의 다른 지역보다 모래언덕이 발달돼 있으며, 한반도 해안의 거의 모든 지형을 관찰할 수 있는 표본지역이다. 지형학적 가치 이외에도, 사계절 다양한 모습의 아름다운 경관을 연출한다. 육지와 해양생태계의 완충지역으로, 다양한 사구생물이 자라는 중요한 공간이다. 습지에는 환경부가 멸종위기종으로 지정한 맹꽁이, 금개구리, 구렁이 등이 서식하고, 천연기념물인 황조롱이 등도 관찰돼, 전형적인 생태관광지로서의 성가가 높다. 또한, 폭풍이나 해일로부터 해안선을 보호하며, 인간과 사구생명체에 지하수를 공급하는 유익한 기능을 담당하고 있다. 현재 각종 펜션과 상업활동을 위한 개발로 훼손위험에 처해 있어, '한국 내셔널트러스트'에서는 '보전청원운동'을 제기하여, 2001년 일부 면적이 '천연기념물 제431호'로 지정되었다. 하지만 남쪽지역은 이미 골프장 건설로 손상이 일어난 상태이다(위키 백과 수정). 모래 입자가 밀가루처럼 부드러우며, 해풍에 따라 구릉(丘陵)이 천변만화 하는 곳이기도 하다. 한 구석 해당화 군락이 요염한 자태를 뽐내면서도, 찬비를 맞아 애잔한 모습으로 다가온다.(필자 주)

* 태안8경 중 제5경.

몽산포(夢山浦) 해변

한상철

맛조개 캐는 아낙 고쟁이 헐렁해도
울창한 곰솔숲 앞 추억 쌓는 모래 조각
밀려온 코발트 바다 인어(人魚) 노래 은은타

---

* 몽산포 해변은 서산 남서쪽 18km, 태안 남쪽 9km, 남면반도 서안(西岸)에 길게 뻗어 있다. 백사장 길이 3km, 경사도 5도, 평균수심 1~2m, 평균수온은 섭씨 22도 정도이며, 모래밭과 울창한 솔숲으로 둘러싸여 있다. 실은 몽산포해수욕장과 남쪽의 마검포 사이에 연속적으로 발달한 길이 약 8km에 걸친 해안선의 남단부에 자리한, '원청사구(元靑砂丘)'가 생태학적 가치가 더 높다.(다음 백과 일부 수정)
* 깨끗한 모래밭이 끝없이 펼쳐지는 '꿈에 본 청산'일까? 아름다운 해송 숲 앞에서 모래 조각을 만들어 추억을 쌓아보자! 매년 축제와 국제대회도 열린다. 갯벌이 좋아 각종 패류 캐기에 알맞다.
* 태안8경 중 제7경.

추암(湫岩) 촛대바위

한상철

그리움 간절하니 파도가 어루만져
우수(憂愁)에 젖은 어부 산하에 소신공양(燒身供養)
촛농은 바다로 떨어져 망부석(望婦石)이 되고야

---

* 추암 촛대바위; 강원도 동해시 촛대바위길(추암동) 26에 소재. 수중의 기암괴석이 바다를 배경으로 '촛대 바위'와 함께 어울려 빚어내는 비경은 감탄을 자아낸다. 촛대처럼 생긴 절묘한 바위가 무리를 이루어, 하늘을 찌를 듯 솟아올랐다. 이를 둘러싼 바다가 수시로 그 모습을 바꾼다. 파도가 거친 날에는 흰 거품에 가려져 승천하는 용의 모습을 닮고, 파도가 잔잔한 날에는 깊은 호수와 같은 느낌을 준다. 이곳 해돋이는 워낙 유명해, 많은 여행객들과 사진작가들로 붐빈다. 우암 송시열도 이곳을 둘러보고는 발길을 떼지 못했다는 말이 전한다. 촛대바위, 형제바위의 일출은 애국가 첫 소절의 배경화면으로도 자주 나온 곳이다. 처첩 간 시기와 다툼을 하늘도 참다못해 데려갔고, 남편인 어부는 그리움에 지쳐 망부석(望婦石)이 되었다는 전설이 있다. 옆에 '능파대'(凌波臺) 표석이 있다. (대한민국 구석구석 인용 수정)
* 추암의 파도; 남빛 쟁반에 백옥구슬 구르네 살랑댄 능파(凌波)"-졸작 한 줄 시(3-200)에서 인용.

해수욕장

김동진

갈매기 춤추는
푸른 숨결 동해바다
물빛에 취한 몸
백사장에 누우면

육신을
간지럽히는
파도의 부름소리

젊음을 속삭이며
수평선 저 끝까지
입술을 마주한
쪽빛하늘 쪽빛바다
청춘은
불모래처럼
뜨거운 가슴이다

아침의 나라답게
이슬 맺힌 고운 손이

천만번 쓰다듬어
반짝이는 거울 속에

여름이
물장구치며
어리광부린다

파도

김동진

사무쳐 사무쳐서
철썩철썩처절썩

맨살로 달려와
안아보는 바위마다
날리는 하얀 물갈기
마를 새 없어라

가는 듯 아니 가고
되돌아 다시 한 번
물보라로 속삭이는
이끼 돋힌 이야기

이렇게 볼을 비비며
함께 살자하더라

파도

이칭찬

조용한 밤바다의
파도를 듣는다
쉴 새 없이 밀려들어오는
대양의 검은 힘은
거역할 수 없는
자연의 명령 같다

솟아오르는
기침을 참아가며
가슴 한 가운데
서른아홉 개의 구멍을 채운다
삼십구 층 바닷가
아파트의 침실은
내려다보이는
물결 휘장의 끝이 안 보인다

가슴에 뭉쳐있는
새하얀 암 덩어리를
끊임없는 파도가

씻어줄 수 있다면
사방에 늘어 서 있는
높은 빌딩들이
서로를 쳐다보며
바다를 향한다

모두의 염원은 한 가지
파도처럼 끊임없이
위대한 힘을 가지고
앞만 바라보며
모두의 힘을 합쳐
한 곳으로 올곧게
나아갈 수 있다면

바다

이칭찬

바다가 시작되는
땅 끝 한 곳에서
대양을 내다본다

거무스레한 섬도 보이지 않는
드넓은 대양은
모두의 가슴 한 가운데

누구도 거역할 수 없는
푸른 명령을 내 지른다
그침이 없는 인생살이에서

조금도 방심하지 말고
오직 앞만 보고 달려가라고
자칫 조금의 망설임은

모두에게 후회를 안겨줄
빌미가 될테니
비록 지금은 잠시 멈추어 선

영겁의 내일을 위한
휴지기가 된다 해도
바다를 닮아간다면

쉴 새 없는 파도되어
또 다시 철석일 수 있으려니
모두에게 그침 없는 희망으로

바다의 질서

김대억

육지에서 바라보는 바다와 바다에서 바라보는 바다는 같은 바다이면서도 엄청나게 다른 바다임을 발견하게 된 것은 극히 최근의 일이다. 누적된 피곤에서 벗어나 새로운 몸과 마음으로 새해를 살아가기 위해 아내와 함께한 크루즈 여행을 통해서였다. 2주 전, 영하 20도의 매서운 추위 속에 토론토 공항을 이륙한 비행기가 홀로리다의 라우데일 공항에 착륙하자 두꺼운 겉옷을 벗어도 땀이 흐를 정도로 따사함이 온몸에 느껴졌다. 택시를 타고 선창에 도착하여 정박해 있는 크루즈 선을 보는 순간 놀라움을 금할 수 없었다.

무게 225,282톤, 길이 362미터, 폭 47미터로서 세계에서 제일 크고 화려하다는 Allure of the Seas는 배라기보다는 바다위에 건설된 소도시 같았다. 보기에만 그런 것이 아니었다. 승객 6,000여 명과 승무원 2,300여 명을 태우고 항해하는 이 배는 8,300여 명의 인구가 편안하고, 안전하게 모든 것을 즐기며 살 수 있도록 설계된 바다 위의 화려한 궁전 같은 곳이었다. 이 지상의 낙원 같은 크루즈 선에서 7일을 지내면서 내가 가장 많은 시간을 보낸 곳은 5층에 있는 죠깅 코스와 17층 전망대였다.

배안에는 아침 6시부터 저녁 10시까지 어디를 가든 마음대로 먹을 수 있는 대소식당 수십 개가 산재해 있었다. 절제하려 했지만 평소보다 많이 먹을 수밖에 없는 환경이었다. 덕분에 700미터 이상 되는 죠깅 코스를 하루에 10번 정도 돌았다. 그래야만 집에서 매일 5키로씩 걸을 때보다 더 많은 칼로리를 태울 수 있었기 때문이다. 죠깅 코스를 걷고 뛰면서 바라보니 끝없이 펼쳐진 검푸른 바다를 뒤덮고 넘실대는 파도는 그 옛날 가포 항 해변으로 몰려들던 것과는 비교조차 할 수 없을 정도로 높고 위엄 있게 돌진해오며 바다의 왕자 같은 크루즈 선을 때리고 있었다.

장애물이 무엇인가에 관계없이 앞만을 향하던 파도가 거대한 위용을 자랑하며 항해하는 크루즈 선에 부딪쳐서 갈라지는 현상을 보며 어릴 때 가포의 바닷가에서 깨달은 것과는 다른 또 하나의 파도의 질서를 발견할 수 있었다.

내가 바다를 처음 본 것은 한반도에 전쟁의 포화가 울려 퍼지던 1951년 2월 마산의 동쪽 끝자락에 자리 잡은 작은 포구 가포에서였다.

1950년 6월 25일 불법남침한 북괴군에게 수도 서울을 빼앗긴 후 9월 28일 중앙청에 태극기가 계양되기까지 3개월 간 공산치하에서 우리들이 당한 억압과 고통은 상상을 초월했다. 그러기에 승승장구 북진하던 국군과 유엔군이 소위 '작전상 후회'를 거듭하자 우리가족은 영등포역에서 뚜껑 없는 기차에 올라타고 대구를 거쳐 마산으로 내려갔다. 그곳에서 결핵요양소 소장으로 계시던 아버지 친구 분의 도움으로 가포에 거처를 정하고 서러운 피난생활을 시작했다.

우리가 세 들어 살게 된 집은 돌담으로 둘러싸여 있었다. 그 돌담 너머로는 우마차 한 대가 지나갈 수 있는 길이 나 있었고, 그길 바깥

쪽은 바로 해변이었다. 그 집에 피난짐을 풀어놓던 날, 난 할머니와 함께 해변에 서서 처음으로 바다를 보았다. 그때 난 한없는 두려움에 사로잡혔다. 쉬지 않고 밀려 들어오는 파도가 무서워진 것이다. 계속하여 갯벌로 올라오는 바닷물이 우리가 서있는 곳을 지나 우리들이 살 돌담집을 넘어서면 우리는 또다시 짐을 싸들고 그 곳을 떠나야 한다고 생각했기 때문이다.

할머니에게 그런 나의 두려움을 실토하자 할머니는 그런 일은 절대로 일어나지 않는다며 나를 안심시키셨다. 할머니 말씀대로 올라오던 바닷물은 우리가 있는 곳 가까이 왔을 때 전진을 멈추고 빠져나가기 시작했다. 그 후 계속하여 같은 현상이 되풀이되는 것을 보며 난 파도에 대한 공포로부터 완전히 해방되었고, 바다는 나의 정다운 친구와 인생의 스승으로서 내 마음에 자리 잡기 시작했다.

우리 동네의 순박한 경상도 사람들은 서울에서 피난 온 우리들을 따뜻하게 대해주었다. 아이들은 내게 수영과 낚시하는 법과 바다 속 바위에 붙은 굴이나 해삼을 따는 방법은 물론 노 젓는 기술까지도 가르쳐 주었다. 그래서 난 가포 항의 푸른 파도를 타고 넘으며 수영을 즐기고, 해변에 솟아있는 바위에 올라 각종 고기를 낚아 올릴 수 있었다. 잡은 고기와 바위에서 딴 굴과 해삼을 바구니에 담아들고 집에 오면 할머니는 왜 위험하게 바다에 들어갔느냐며 나무라면서도 해삼과 굴까지 따오는 어린 나를 무척 대견하게 여기셨다.

그때 돌담 위에 앉아 바라보던 바다는 진정 아름답고, 장엄하고, 신비로웠다. 커다란 불덩이처럼 수평선 너머에서 불쑥 솟아오르는 태양, 그 태양빛을 받아 금빛을 안고 다가오는 잔 포도들. 가끔 잔잔한 바다위로 뛰어올랐다 다시 바닷속으로 사라지는 어른 팔뚝만한 고기들. 때로는 높게, 때로는 너무 낮아 수면에 날개까지 부딪치며 나르는 물새들. 이른 새벽이나 달 밝은 밤에 작은 배를 노 저어 나갈 때 가슴에 파고드는 설명할 수 없는 바다의 낭만. 이 모든 것들이 가포 항 푸른 파도를 나의 맥박처럼 느끼며 살았던 어린 내가 바다로부터 받은 감동과 감격과 환희였다.

이 밖에도 내가 남쪽바다의 푸른 물결을 보며 배우고 느낀 것들은 많기만 하다. 그중에서 바다가 내게 가르쳐준 가장 귀중한 진리는 '파도의 질서'다. 어디서 시작하는지는 몰라도 끊임없이 밀려들어오는 파도는 일단 해변에 도달하면 부서져서 물러간다. 이 간단한 파도의 질서를 몰랐기에 바다를 처음 보았을 때 무서웠던 것이다. 그러나 파도는 계속하여 전진만 하는 것이 아니라 해변에 다달으면 물러간다는 사실을 알게 된 후부터는 아무리 높은 파도가 몰려와도 조금도 놀라지 않게 되었다.

가포를 떠나 부산에서 이어진 피난생활을 끝내고 서울로 돌아와 온갖 어려움과 4.19와 5.16 두 번의 혁명까지 겪은 후 새로운 삶을 찾아서 캐나다로 건너왔다. 멀고 먼 이역 땅에서 삶의 터전을 마련하기 위해 수고의 땀을 흘리다 휴식을 취하기 위해 도시를 벗어나거나, 휴가를 얻게 되면 난 바다처럼 넓은 수많은 호수 앞에 서곤 했다. 그 때마다 호수의 잔잔한 물결은 조용히 다가와서는 호숫가에서 흩어져 물러갔다. 조국의 남쪽바다는 물론 캐나다의 호수와 멕시코, 쿠바, 도미니카 공화국의 바닷가에서도 파도의 질서는 동일함을 확인할 수 있었다.

끊임없이 그러나 서두르지 않고 전진하는 파도는 앞서가는 물결을 앞지르려 하지 않는다. 그렇다고 뒤 따르는 물결에게 자기 자리를 내어주지도 않는다. 자신의 위치를 철저히 지키며 멈추지 않고 앞을 향하여 질서정연하게 나아갈 뿐이다. 그러다 해변에 이르면 더

가겠다고 고집부리거나 버티지 않고 흩어져 물러간다. 얼마나 신기하고 아름다운 자연의 질서인가!

해변에 도달한 파도는 더 나가려하지 않고 조용히 빠져나가지만 바다 한 가운데서 거선에 부딪치는 파도는 물러서는 대신 길을 비켜준 뒤 다시 전진한다. 가야할 길을 성실히 가되 물러서야 할 때와 비켜가야 할 때를 분명하게 판별해야 한다는 귀중한 삶의 교훈을 대양에 출렁거리는 파도를 통해 배울 수 있었다.

크루즈 선 5층 갑판의 배 후면에서 내려다보이는 바다물결은 표현하기 힘든 장관을 이루고 있었다. 거대한 바위섬 같은 크루즈 선을 시속 42 킬로로 전진시키는 강력한 엔진의 힘에 의해 검푸른 바닷물이 하얀 물거품이 되어 뒤로 물러나는 광경은 환상적이면서 경이로웠다. 배 밑에서 형성되어 뒤로 뻗어가는 그 물줄기를 하늘을 향해 세울 수 있다면 나이아가라 폭포보다 수십 배나 높은 폭포가 되어 거대한 물줄기를 하늘에서 쏟아 내리면서 내가 탄 크루즈 선을 뒤따라오는 놀라운 광경이 펼쳐질 것이다. 그 신기한 장면을 머릿속에 그리며 넋을 잃고 바다를 바라보다 그만 들어가자는 아내의 말에 자리를 뜨기도 했다.

해면에서 70미터 높이인 17층 갑판 위에서 바라보는 바다는 5층에서 보는 바다와 육지에서 보는 바다가 다른 것보다 더 달랐다. 고개를 돌리며 동서남북을 동시에 보는 내 눈에 들어온 바다는 끝 간데 없이 뻗어있는 검고 푸른 물만의 세계였다. 10,000미터 이상의 상공을 나르면서 내려다 본 태평양도 이처럼 넓어 보이지는 않았었다. 그러나 70미터 높이 크루즈 선 위에서 사방을 한 눈에 보니 바다는 광대무변한 우주 같은 세계였다. 육지는 물론 지나가는 배 한 척 보이지 않고, 갈매기 한 마리도 찾아볼 수 없는 하늘과 바다만이 존재하는 공간에서 넘실대는 파도만이 어딘지 모를 곳을 향하여 쉬지 않고 나아가고 있었다. 그 장엄하고도 엄숙한 광경을 보며 크루즈 선 전망대에 서있는 나는 너무도 미약하고 보잘 것 없는 존재였다.

가포 항에 살 때 내 마음의 아버지가 된 바다를 김소월은 이렇게 묘사했다. "뛰노는 흰 물결이 일고 또 잦는/붉은 풀이 자라는 바다는 어디/고기잡이꾼들이 배 위에 앉아/사랑노래 부르는 바다는 어디/파랗게 종이 물든 남빛 하늘에/저녁놀 스러지는 바다는 어디/곳 없이 떠다니는 늙은 물새가/떼를 지어 쫓기는 바다는 어디/건너서서 저 편은 딴 나라리라/가고 싶은 그리운 바다는 어디" 그러나 거대한 크루즈 선 전망대 위에 선 내 눈에 비친 바다에는 내 가슴에 새겨졌고, 김소월이 노래했던 바다 건너편의 또 다른 바다가 상상으로만 가능한 우주보다 더 크고 넓게 펼쳐져 있을 뿐이었다.

지구상에 존재하는 수천수만의 강 물줄기를 다 받아들이는 바다의 포용력은 넓고 크기만 하다. 뿐만 아니라, 바닷속에 숨겨진 수산자원의 가치는 땅속에 매장된 모든 자원을 능가하기에 바다는 인간의 귀중한 자산일 수밖에 없다. 하지만 바다는 인간에게 많은 피해와 큰 상처를 가져다주기도 한다. 인류역사가 시작된 이래 수많은 선박들이 성난 바다의 희생물이 되어 침몰되었으며, 순한 생명과 재물이 수장된 곳이 바다이다. 그러나 바다는 가슴 아프고 슬픈 수많은 사연들에 얽매이지 않고 태연하게 출렁이며 바다의 본분을 성실히 감당하고 있다.

소년시절 바닷가에서 터득한 바다의 질서가 서두르거나 쉬지 말며 앞을 향해 나가되 때가 되면 물러서야 한다는 것이었다면, 그때로부터 반 백년도 더 지난 후 세계 최대의 크루즈 선을 타고 망망대해를 가로지르며 발견한 또 다른 파도의 질서는 자연의 법칙에 따라 앞으로 나가다 넘지 못할 장애물을 만나면 비켜서는 것이다. 둘 다 하나님께서 정하신 위대한 법칙이 아닐 수 없다. 그러나 이 두 가지가 파도의 질서가, 바다가 인간의 스승이 되어야 하는 이유의 전부는 아니다.

바다는 한없이 넓고 깊다. 바다는 세상의 모든 것을 조건 없이 용납하는 넓고 큰 가슴을 지니고 있다. 바다는 인간의 생존에 필요한 무한대의 자원을 보유하고 있다. 그러나 조금도 자만하지 않고 성실하고 정직하게 노력하며 접근하는 사람들에게 공평하게 그 혜택을 나누어 주는 것이 바다다. 그래서 우리는 바다를 노하게 해서는 안 된다. 바다가 분노하여 거센 풍랑이나 쓰나미를 몰고 오면 어느 정도 피할 길이 있겠지만 알게 모르게 바다의 질서를 파괴하거나 그 순결함과 청결함을 더럽혀서 바다가 그 기능을 제대로 발휘하지 못하게 되면 그 무서운 파괴력으로부터 결코 벗어날 수 없기 때문이다.

바다의 질서를 존중하고 지키며, 바다를 아름답고 깨끗하게 보존하며, 바다를 두려워하며 사랑해야 할 줄 한다. 그래야만 바다는 "고기잡이꾼들이 배 위에 앉아 사랑노래 부르는" 우리들의 동경하는 바다가 될 것이며, 이육사가 기다리는 "반가운 손님을 태운 흰 돛단배"가 미끄러져 들어오는 우리들의 정답고 아름다운 바다로 계속하여 출렁거릴 테니까 말이다.

백사장에 그린 하트

김철교

    날씨 좋은 음력 17일이면 나는 동해안에 있는 어느 해수욕장에 가 있다. 주문진 바닷가에 있는 '시인과 바다'라는 카페에도 자주 들른다. 강릉 해변가 '커피 스토리'에서 바라보는 바다도 좋다. 몸이 못가면 마음만이라도, 먼 바다의 어화(漁火)를 세고 있다. 음력 17일은 동해안 월출이 가장 아름다운 날이다. 음력 15일에 가면, 해가 완전히 지기 전에 바다 위로 달이 이미 올라와 있어 그저 그런 보름달에 불과하지만, 17일에 가면 어두운 밤 동쪽에서 떠오르는 둥근 달은, 먼 수평선에서부터 내 앞까지 은빛 다리를 놓아준다.

    나는 해가 완전히 지기 전에 바닷가에 도착해서, 달이 떠오를 때까지, 파도 가까이 해변 모래위에 발자욱으로 큰 하트를 찍는다. 어두운 밤 보름달이 만드는 은빛 다리는, 바다 건너 내가 꿈꾸는 나라와, 백사장 위의 하트를 연결시켜 준다. 세상 근심걱정은 수면 위에 일렁이는 다리를 통해 수평선 너머로 보내고, 그 대신 동화를 답장으로 받는다. 천국 콘서트가 바닷가에서 열린다. 파도가 전해주는 음악, 달빛이 그려주는 다리, 바닷가에서 하트를 그리고 있는 시인의 마음. 시와 음악과 미술이 어우러져 동화의 나라가 열린다.

월출을 본 다음날 새벽에 보는 일출 또한 장관이다. 그뿐만 아니라 떠오르는 해를 바라보다 고개를 뒤로 돌리면, 전날 밤 바다 위로 떠오르던 달이 밤새 세상을 비추다가 피곤한 듯 창백한 모습으로 새벽 산 위에 걸려 있는 모습을 볼 수 있다. 저녁 달맞이, 다음날 새벽 해맞이와 달과의 이별, 동화나라 3종 세트는 욕심에 절어있던 심신을 씻어주어 새로운 삶의 활력소가 되게 한다.

예술가가 아니라도 대부분의 사람들은 자연에 순응해서 살아갈 때 참다운 즐거움을 느낀다. 도연명은 歸去來兮 田園將蕪胡不歸(돌아가야겠네, 전원이 황폐해지는데 내 어찌 돌아가지 않으리오)라고 읊었다. 나는 조부님이 초서로 써주신 '歸去來辭(귀거래사)'를 서재에 걸어놓고 자주 읊조리고 있다. 내가 떠난 자연, 내가 외면하는 자연은 장무(將蕪)하다. 그곳이 농촌이든 바닷가든 나의 마음이 머물지 않은 자연은 황무지나 다름없다. 내가 자연 가까이 있을 때에 비로소 향기로운 꽃과 풍성한 열매가 주는 기쁨을 맛볼 수 있기 때문이다.

광대한 우주를 한 치의 오차 없이 운행하시는 창조주의 손길을 길가의 풀꽃에서도 읽을 수 있다. 검붉은 흙속에서 아무 보살핌 없어도 아름답게 피어나는 꽃에 우주의 운행 원리가 응축되어 있다. 우리가 겸손하게 자연에 순응하며 인생행로를 뚜벅뚜벅 갈 수만 있다면 그 이상 바램은 없으리라. 남과 비교하며 세상 욕심에 안달한들 삶의 종착지에서는 무슨 의미가 있을까 싶다.

우리는 태어나자마자 죽음으로 가는 여행을 시작한다. 비바람에 휘둘리기도 하면서 나름대로 크고 작은 꽃도 피우고 열매도 맺으며, 자연으로 돌아가고 있는 여행자인 것이다. 아무리 도시생활을 벗어날 수 없다 하더라도 전원으로 돌아가고 싶고 산과 바다를 그리워하는 것이 인지상정이다. 물질적, 정신적 여유가 있는 도시일수록 가까이에 자연을 두고자 시간과 돈을 쏟아 붓는다. 런던의 유서 깊은 정원들은 물론이려니와, 하와이 와이키키 해변 백사장도 많은 돈을 들여 외지에서 모래를 실어다가 깔았다고 한다.

자연에 순응하는 것이 가장 바람직한데도, 바닷가 모래채취 혹은 구조물 설치로 해변이 황폐해지고 있다 하니, 이 아름다운 동해안도 어떻게 변할지 걱정이다. 지구촌 곳곳에서 단기적인 편리성과 수익성을 중시하는 개발에 열심을 내다가 자연재해로 인해 몸살을 앓고 있다. 요즘의 미세먼지와 황사도 자연의 순리를 거스르는 성급한 개발 때문에 발생한 징벌이다. 현대사회가 크고 작은 재난과 범죄로 갈수록 흉흉해지는 것도 자연이 점차 우리 곁에서 멀어지고 황폐해지고 있기 때문이다. 자연은 '개발'보다는 '자연스럽게' 두고 가꿔나가야 한다.

바다, 물빛의 단상

황여정

동화처럼 아름다운 물빛

여고 2학년 때 제주도 수학여행을 갔다.

부산에서 제주행 배를 타고 밤새 멀미를 하며 닿은 제주여행의 기억은 유난히도 검은 화산석의 돌담과 유채밭의 노란색 풍경만이 오래도록 남았다. 그 중에서 희미하게 기억의 한 모퉁이에 머물고 있는 초록바다. 바다와 동떨어진 내륙에서 자란 내게 초록바다라는 어휘 자체만으로도 그냥 낭만이 줄줄 흐르는 시적인 표현이었다.

그 이후 여러 번 제주도에 가서 검은색과 노란 유채색의 아름다운 풍경은 많이 볼 수 있었지만 초록빛깔의 아름다운 바다는 찾을 수도 없었고 볼 수도 없었다. 그럴 때마다 더 보고 싶고 그곳이 어딘지 궁금해졌다. 그저 막연하게 모슬포 항이거나 서귀포 항이려니 생각하고 찾아가 보았지만 그 물빛이 아니었다.

우도의 서빈 백사에서 잠깐 그 빛을 느끼긴 했지만 오래 전 고등학교 때 본 그 바다는 아니었다. 그러던 어느 해 여름 제주도에서 해안도로를 따라 드라이브를 하면서 여행을 할 수 있는 기회가 생겼다.

해수욕장마다 들리면 그 초록빛 바다를 만날 수도 있겠거니 하는 생각에서 길목마다 해수욕장을 다 들렀다. 모슬포 항을 지나 한림 가까이 갔을 때 아이들이 찰방거리며 놀기에 아주 좋은 모래장과 물이 얕은 해수욕장이 넓게 펼쳐져 있었다. 이럴 수가!!!

수학여행 때 본 바로 그 바다 물빛이었다. 여기였구나, 이름도 생소한 금능 해수욕장!

50년이 지난 후 초록물빛을 그 곳에서 만났다. 초록빛 바닷물에 두 손을 담그면~~~

아! 내 기억속의 물빛이 이렇게 살아있었구나. 동화처럼 아름다운 기억속의 초록바다는 이제 내 눈앞에 나타났다. 그리고 그 물빛에 대한 아름다운 기억의 편린들은 외롭고 지칠 때마다 나를 그 바다로 데려다 줄 것이다.

너무나 맑아서 빠져도 좋을 것 같은 물빛

한 때 밤차를 타고 가서 정동진 바다에서 일출을 보며 돌아오는 여행이 유행처럼 번졌다.

동대구에서 밤기차를 타면 일출 전에 정동진에 도착한다. 일출을 보고 해변 식당가에 들러 순두부로 아침을 먹고 잠시 쉬다가 다시 낮 기차로 동대구로 돌아오는 무박 여행이다.

20년 전 처음 정동진 가자는 말을 들었을 때 정씨 성을 가진 동진이라는 사람을 찾아가자는 줄 알았다. 정동진이라는 지명이 조선시대에 한양의 경복궁 정(正) 동쪽에 있는 바닷가라는 뜻에서 유래하였다는 것을 알게 된 것은 그 일이 있고 난 후의 일이었다.

정동진에서 해안길을 따라가는 길에서 만나는 바닷물은 소금기

머금은 찐득한 바닷물이 아니고 방금 샘에서 솟은 청량제 같은 맑은 물이었다. 얼마나 맑은지 두 손으로 한 모금 들이키고 싶을 정도의 충동이 일어났다. 동해바다 해안의 물빛은 어디를 가나 그렇게 맑았다.

울릉도에서 해안선을 따라 걸어가면 바위 아래 붙어있는 조개 미역 등이 물결에 일렁이는 모습이 다 드러나 보인다. 차가우면서 맑은 바닷물은 선비의 지조 같은 도도함이 묻어난다고 늘 생각해 왔다. 온갖 지상의 물들이 다 모여서 만들어진 물이라면 혼탁하기 이를 데 없겠지만 그 넓은 품이 혼탁함을 품어 안고 정화를 시킨다고 생각하기도 했다.

어느 해 봄, 문인들이 모여서 밤바다를 보러가자는 제안을 했다. 달빛도 없는 밤바다는 깜깜했고 모래사장에 아이처럼 뛰며 노래하며 밤바다의 서정을 즐기던 무리들도 잠시 파돗소리에 귀를 적시며 어둠에 묻혀있었다. 조용한 틈을 타고 가슴속까지 파고드는 파돗소리. 바다는 밤잠을 잃고 내내 뭍으로 달려 나왔다. 끝없는 도전 같기도 하고 우주의 동맥처럼 살아 숨 쉬고 있다는 생각이 들었다. 저토록 알알이 부서지는 파도가 있어 바닷물이 맑구나. 자신을 깨뜨리지 않으면 새로워 질 수가 없구나. 동해바다가 풍덩 빠져 들고 싶도록 맑은 이유를 나름 생각해 보면서 쉽게 깨부실 줄 모르는 아집을 바라본다.

깊고도 진중한 사색의 물빛/안달루시안 블루

스페인 여행 중에 안달루시아 지방의 어느 해안가 휴양지에서 점심을 먹었다. 물론, 가이드의 안내에 따라 버스에서 내려 즐비한 식당가 중 어느 한 집에 들렀고, 여행 중 잠시 점심을 먹기 위해 들른 곳이라서 그 곳이 어디인지 정확한 도시 이름도 모른 채 스쳐 지나온 것이 아직도 많이 후회되지만 안달루시아 지방이라는 것만은 확실하게 기억한다. 일행들이 점심을 먹은 식당과 주변 상가와 그 앞에 펼쳐진 바닷물빛이 주는 깊이를 잊을 수가 없다. 식당의 인테리어는 모두 지중해 깊고 푸른 바닷빛으로 장식되어 있었다. 식당에서 사용하는 종이 냅킨도, 바닷가 유리창도, 티스푼도, 장식 선반도 모두 푸른 물빛이었다. 밖으로 나와 바닷가를 거닐며 바라본 대형 식당의 건물도 외벽이며 창이며 문이 모두 짙푸른 빛깔의 유리로 되어 있다. 짙은 감청색의 바닷빛깔이 철학적이라면 웃긴다고 하겠지만, 지상의 온갖 물건들이 눈앞에 펼쳐진 바다의 푸른빛에 다 물들어 있는 그 한 가운데 서있는 순간 그런 특별한 느낌을 주었다.

게다가, 여행도중 이동하는 도로마다 가드레일도, 교통 표지판도 그 바닷빛깔로 포인트를 주었으며 어디를 가도 시설물과 설치물들이 그 짙고 푸른 바닷빛깔로 통일감을 주었다. 내가 그 바닷물빛에 깊이 빠져든 것처럼 이 지방 사람들도 자기네 바닷빛깔을 무지 사랑하고 있다는 느낌을 받았다.

우리나라 사람들이 즐겨 찾는 여행지 산토리니의 바닷물빛을 프루시안 블루라 칭하며 가장 매력적인 청색이라 일컫지만 안달루시아 지방의 바닷물빛은 그보다 좀 더 깊이 있고 차분한 매력을 지니고 있다. 그래서 나만이 아는 이름 '안달루시안 블루'라 칭하고 그 물빛으로 재킷을 만들어 입고 미하스 지방의 붉은 지붕과 흰 벽을 닮은 바지와 블라우스를 입겠다고 꿈꾸고 있다. 철학적인 물빛 안달루시안 블루의 깊이를 오래오래 느끼고 싶어서….

바닷모래 채취와 삶

신길우

모든 생물은 환경에 의존해서 산다. 주어진 환경과 상황 속에서 자신의 능력과 처지에 따라 살아간다. 이 사실은 사람이나 동식물이나 다 마찬가지이다. 다만, 그들이 사는 공간이 다를 뿐이다.

그런데 사람들은 만물의 영장(靈長)이라면서 다른 생물들을 무시하고 깔본다. 재미로 괴롭히고, 일부러 학대하고. 죽이기까지도 한다. 예쁘다고 귀여워하다가 내버리거나 죽인다. 평생 부려먹고는 잡아먹기도 한다. "너희들은 장난으로 돌을 던지지만, 우리들은 생사가 달린 것."이라는 개구리들의 울부짖음을 모른다.

근래에는 전염병이라 예방한다며, 일정한 지역 안의 멀쩡한 닭이나 돼지 수백, 수천 마리를 구덩이를 파고 묻어버리는 짓까지 매년 반복 자행하고 있다. 오리나 닭, 소돼지들의 목숨이 그야말로 초개나 파리 목숨만 같다. 한 생명이 다른 생명들의 목숨을 제멋대로 처리하는 것이다.

이런 일들은 먹이와 관련이 되니 그래도 눈감아 줄 수밖에 없다. 도로를 만들고 건물을 짓는다고 산을 허물고 땅을 파낸다. 돌과 모래, 자갈, 바위들까지도 깨지고 가루가 되어 실려 간다. 산이 무너지고 땅이 꺼져 말 그대로 상전벽해(桑田碧海)가 된다. 그곳, 그 속에서 살던 수많은 생물들은 갑자기 사는 곳을 잃고 수없이 죽는다. 먹고 살기 위해서가 아니라 더 편하게 잘 살려고 하는 인간들이 수많은 생명체들을 죽이고 집과 터전을 빼앗는 것이다.

이와 같은 짓은 생물이 생존을 위해 어쩔 수 없이 행하는 것이 아니라, 오로지 인간이 인간 자신들의 편안과 유익만을 위해 저지르는 무지막지한 행패요 흉악한 일이다. 범이나 호랑이 같은 맹수들이 배가 고프지 않고서는 절대로 먹이사냥을 하지 않는 뜻을 몰라서일까?

그런데 이러한 무지막지한 인간의 행위는 땅의 위에서 땅속까지 번지더니, 지금은 바닷속에까지 파고들고 있다. 해초를 뜯고 조개 같은 것을 줍거나 물고기들을 잡는 것이 아니다. 가스나 유전 개발을 위해 바다 밑바닥을 뚫는 정도도 아니다. 천지개벽을 하는 것이다. 바로 바닷모래 채취다.

바닷모래를 채취하는 일은 단순히 모래만을 채취하는 것으로 끝나지 않는다. 모래가 목표지만 그에 따른 변화와 파괴는 엄청나다. 석탄을 캐고, 유전을 개발하는 것과도 비교를 못할 정도로 그 영향과 피해가 크고 많다.

바닷모래 채취는 기계로 한다. 흡입기를 작동하면 다량으로 모래들이 빨아올려진다. 바위나 딱딱한 지표면을 제외하고 모든 생물들까지 빨아들인다. 물은 다시 바다로 빠져나가고, 걸러진 모래는 수북하게 쌓인다. 채취선이 지나가면 신작로가 아니라 새로운 골짜기가, 깊고 넓은 들판이 생긴다. 그곳에는 생물이라고는 찾아볼 수가 없고, 조류마저 달라진다. 되쏟아 부은 바닷물에는 미생물들은 물론 각종 어류들의 죽은 시체들이 쓸려 다닌다. 바닷모래 채취가 끝난 지역은 물로만 채워진 그야말로 불모지요, 죽음의 바다다.

이런 공간이 여기저기에 생기면 해류가 변한다. 썰물이 심하게 일어나면 해안이 무너지고 백사장의 모래들이 쓸려 나간다. 먹이가 없어서, 또는 서식지를 잃어서 어종이 사라질 수도 있다. 총총한 저인망으로 어린 고기까지 잡는 것보다 그 피해가 더 크다. 끝내는 해수욕장이 시들어지거나 어민들의 생업에 영향을 준다.

이러한 여러 가지 변화와 영향들을 생각해볼 때 바닷모래 채취만은 함부로 할 일이 아니다. 모래를 얻기 위한 피해도 너무 많다. 결국에는 인간의 삶에도 피해를 가져올 수가 있다. 손익이 배보다 배꼽이 더 큰 셈이다. 더 힘들어도 건축용 모래는 육지에서 구해야 한다. 무엇보다도 인간의 작은 이익을 위해 수많은 생명들을 희생시켜서는 안 된다.

생물은 모두가 다 존귀(尊貴)한 존재들이다. 그 삶도 똑같이 신비(神秘)하다. 어찌 식물이 동물만 못하고, 동물이 사람만 못하다고 하겠는가. 모두가 스스로 살아가는 능력이 있고, 지혜와 본능과 감각을 가지고 살아가고 있는 것이다. 다만, 사람만이 스스로 만물의 영장(靈長)이라 우쭐대며, 동물이나 식물들을 함부로 해치고 마구 죽이는 못된 짓을 저지를 뿐이다. 이 어찌 미련하며 건방지다 하지 않겠는가.

바닷모래 채취, 그것은 작은 것을 얻으려다 큰 것을 잃는 격이요, 수많은 생명들의 대량학살 행위이다. 이 일만은 하지 않았으면 하고 바라는 게 나만의 일일까?

바다와 사람

미역국

유지희

바다가 보고 싶으면
미역국을 끓인다

소금 냄새
바다 냄새
그리고 하얗게 부서지는 파도가
집 안에 바다를 만든다

식탁을 풍성하게 하려는
바다의 축제

부드러운 해풍(海風)이다

모랫속 조개잡이 추억

성태진

동년시절
부산 광안리 바닷가 찾아가
모랫속 발로 후비며
조개 잡던 추억 생생히 떠오르네.

모랫속에 서식하는
조개 한 자루 잡아
시원하게 국도 끓여 먹고
된장국에 넣어 맛을 냈다네.

건설현장 골재로
모래를 다 채취한 탓에
조개는 보금자릴 잃고 찾아볼 수 없으니
생태계 파괴의 주범이 따로 없구나.

하, 자연이 살아 숨 쉬던
그 옛날 동년이 새삼 그리워
금빛모래 찾아보지만
그 자취 영영 찾을 길 없네.

멸치쌈밥

박일소

바다가 보이는 창가에 앉아
남해바다를 통째로 싸서 먹었다
창 너머 들어와 앉는
푸른 하늘도 함께 마셨다

홍어찜

박일소

흑산도 앞바다가
김이 나는 찜통 안에 누워
에메랄드빛 하늘을 보고 있다

한 점 입에 넣으면
푸른 바다의 톡 쏘는 알싸함이
코끝에서 바다향이 묻어나고
명치끝에서는
거센 파도가 요동을 친다

바다는 말이 없지만

최봉호(Ben Choi)

갈 곳이
아무 곳도 없다가도
당신 생각하면
갈 곳이 많아지는 나

근심이
태산 같다가도
당신 바라서면
아무 일도 없어지는 나

세상만사가
부질없다가도
당신 앞에 서면
소중한 것이 많아지는 나

탐욕이
미움을 파도치다가도
당신 품에 안기면
잔잔하게 흘러가는 나

나,

당신께서 默然으로

啓導해주신 자연의 섭리가

삶의 順理인 줄 알게 되었지만…

그리운 가슴

최봉호(Ben Choi)

멀리서
바라보면 바라볼수록
더 넓고
더 깊은 그리움으로
출렁이는
바다.

항상
변함이 없다.

썰물처럼
밀려난 발치만큼
그리움을
밀물처럼 파도칠 때마다
포근하게 품어주는
가슴,

항상
따듯하다.

김을 먹으며

김재황

바다에 안겨 자란 젖빛 냄새 집히는데
갈매기 가벼운 깃 펼친 고향 동녘 꿈길
머리를 가슴에 묻고 어린 시절 서걱댄다.

고소한 그 맛으로 들깨 기름 번쩍이고
골고루 간에 맞게 흩어 뿌린 은빛 소금
검지만 잘 씻긴 살결 뜨거움에 헐떡인다.

파도를 안고 나면 풋사랑도 몰려와서
통통배 멀어질 듯 맴을 도는 너의 숨결
사랑은 아낌없는 것, 제 한 몸을 바친다.

화가의 바다

김재황

옷을 벗은 어린이들 웃음 안에 새겨 넣고
그 보름달 까마귀야 울음 줄에 세워 놓고
부둣가 털썩 앉아서 그리는 게 가족의 꿈.

게와 새와 물고기들 모두 나와 노는 자리
꽃과 나비 더불어서 환한 여름 춤출 때면
먼 바다 열린 마음이 파도 따라 푸르리라.

오늘따라 저 소는 왜 슬픈 눈을 끔벅대나,
임은 이미 떠났으니 누가 있어 마음 주랴
큰 종을 울리려는 듯 까치놀도 깃을 편다.

날갯짓하는 바다

강송화

날개 위 비 내리면 이 외로움 씻어낼까
아침 해 떠오르면 물안개 죄 걷히고
물결은 철새의 날개, 유랑하는 조각배다

만선의 꿈을 안고 닻을 올린 유년의 배
아프리카 어느 해안 휩쓸러 온 검은 피부
선창에 버려진 채로 비린 생이 퍼덕인다

비 그친 처마 밑엔 햇살 한 줌 비껴가고
까치놀 무동 타고 너울대며 흐르는 생
바다는 카타르시스, 내가 사는 까닭이다

바다와 노인

김창현

지금부터 50년 전 이야기다. 당시 남해 미조리는 등대 하나와 돌담 둘러친 집 몇 채 있던, 그런 한적한 어촌이었다. 지금처럼 다방과 여관이 있고, 넓직한 수협 공판장 앞바다에 도미나 갈치 같은 활어, 전복 소라 실은 배들이 떠있고, 관광객을 태운 버스가 북새통을 이루는, 그런 번잡한 곳이 아니었다.

그 당시, 나는 친구가 자살하자 다니던 대학을 포기하고 군에 입대했다. 부산 항만사령부 자동차 운전대대 운전병이 되어서는, 거기를 무슨 사하라 주둔 프랑스 외인부대처럼 생각하고, 카뮈의 소설 주인공처럼 허무주의 냄새를 풍기다가 끝내 사고를 치지 못하고 제대하자, 글 쓴다고 성경 한 권과 원고지를 챙겨들고 남해의 맨 끝 동네인 미조리로 갔던 것이다.

거기서 한 노인을 만났다. 그는 낡아빠진 뗀마로 섬 주변 수심 얕은 곳을 다니며 갯바닥을 그물로 쓸면서 뭔가 잡고 있었다. 할 일 없이 바닷가를 쏘다니던 나는 그가 무엇을 잡았나 궁금해서 곁에 가보았는데, 노인은 끝에 납 뭉치가 달린 그물코를 하나씩 옆으로 제치고 있었다. 그러자 뚝배기보다 장맛이라고, 거기서 생각보다 쏠쏠히 무엇이 많이 나온다. 펄떡펄떡 뛰는 숭어도 나오고, 돌문어와 게도 나온다.

'뭐가 많이 잡혀요?'

신기하기도 하고 부럽기도 했다. 그래 말을 걸면서 담배를 권하자, 노인은 필터 달린 '파고다' 담배는 아까운 모양이다. 윗 호주머니에 챙겨 넣고 풍년초 잎담배를 신문지 조각에 말아 입에 문다. 그리고 물었다.

'어디서 오셨수?'

내가 고향이 진주라고 하자,

'진주 문산은 넘어지면 코 닿을 데지.'

자기 고향은 문산이라며, 진주 문산 삼십리 길을 이리 표현했다. 볕에 그을린 노인의 손등은 가뭄에 쩍쩍 갈라진 논바닥 같았다. 주름진 얼굴과 목덜미에 하얀 백발이 빤짝였다. 타관 바닥을 혼자 떠돈 외로운 몰골이었다.

그날 나는 겨우 하늘을 가린 노인의 허름한 집에 따라갔다. 그리고 거기서 뜻밖에도 이 세상 어디서도 만날 수 없는 멋진 해변 파티에 참석했다. 그는 바다에서 금방 건진 싱싱한 생물은, 간혹 이웃이 원하면 팔기도 하지만, 대개 집에서 요리해 먹는다고 했다.

먼저, 해삼과 뿔소라부터 시작했다. 총총 썰어 입가심하라고 권한 해삼은 딱딱하게 느껴질 정도로 단단했고, 함께 내놓은 달콤한 초장은 별미였다. 연탄불에 구운 소라는 쫄깃한 맛도 맛이지만, 귀한 것이 껍질 안에 고인 파란 국물이다. '그 파란 국물이 간에 좋아요, 아무리 술을 많이 마셔도 이걸 마시면 숙취(宿醉)가 없어지는 보약이요' 자신은 맨날 먹는 것이라며 노인은 한 입도 먹지 않고 내게만 권했다. 노인은 대학생이 친구가 된 게 자랑스런 눈치였다. 그 다음 돌문어 요리에 들어갔다. 펄펄 끓는 물에 잠간 데치더니, 그 뜨거운 걸 손에 입김 호호 불어가며 도마 위에 놓고 듬성듬성 칼질한다. '한번 먹어보시오!' 권하는데, 내사 세상에 그렇게 모락모락 김이 나는 뜨겁고 맛있는 문어 요리가 있는 줄은 예전엔 미처 몰랐다.

이렇게 되어 그 후 나는 허구한 날 노인과 어울렸다. 그 때마다 노인은 색다른 진미를 선보였고, 나는 막걸리를 사곤 했다. 장어는 기름지면서 느끼하지 않아 얼마든지 먹어도 질리지 않았다. 예리한 칼로 뼈만 남기고 능숙하게 살을 뜬 후, 물엿과 생강즙 섞어 만든 자신의 비법 양념장을 발라 굽는데, 지글지글 장어 구워지는 소리부터 좋았다. 게는 그냥 냄비에 쪘는데 익으면 껍질이 빨개진다. 노인은 등딱지 안에 붙은 누렇고 흰 장(醬)을 권했다. 그건 일찍이 임어당이 이리 표현한 물건이다. '게는 원래 바다와 육지를 오가는 수서생물로 수륙(水陸)의 진미(珍味)를 한 몸에 지닌 것인데, 그 중에서 가장 맛있는 것을 황고백방(黃膏白肪)이라 한다.'

노인은 바다에서 나온 재료라면 그것이 무엇이던 맛있게 만드는 요리의 달인이었다. 그를 도심의 하얀 모자를 쓰고 일하는 일식집 주방장과 비교할 수 없다. 노인은 장어라면 장어, 문어라면 문어, 게, 톳나물 등의 특유한 천연 미각을 완벽히 낼 줄 알았다. 그가 만든 요리에선 바다 냄새가 나고, 갯벌 냄새가 나고, 감칠맛이 살아있었다. 시커멓고 쭈굴쭈굴한 노인의 손은 바닷가에서 수십 년 살아온 고목의 가지였다. 나무가 그런 것처럼 노인의 손도 바다의 일부였다. 그의 솜씨는 배워서 내는 것이 아니었다. 자연의 숨겨진 오묘한 맛을 간직한 자연 그 자신의 일부였다.

그 당시 해변 파티에 초대되던 나는 이런 노인의 요리를 혼자 맛보았다. 아마, 세상 어느 호사가도 그때 나처럼 호강한 사람은 없을 것이다.

노인은 바다에 관한 한 모르는 게 없었다. 몇 월 무슨 고기가 알배기고 기름지고 맛있는지 소상히 알았다. 장어와 게는 어떻게 잡는지, 조개와 고동은 어디에 많은지, 포인트와 물때를 자기 손바닥 보듯 훤히 알았다. 나는 노인을 따라다니며 그런 걸 배웠다.

장어는 이렇게 잡는다. 해그름 등대 밑 석축이 포인트다. 먼저 거기 석축에 붙은 석화를 돌로 짓찧어 꺼낸다. 그걸 바늘에 끼어 몽당 낚싯대 봉돌 무게 감지하며 바다 밑 진흙 바닥에 놓았다 당겼다 하면 툭하고 손에 어신이 온다. 이것이 장어다. 장어는 당기면 몸통으로 물속을 휘젓고 버티는 힘이 강해서 손맛이 여간 짜릿한 게 아니다. 간혹, 바위틈에 들어가 버티면 낚싯줄이 툭! 끊어진다. 장어는 바늘을 뺄 때도 다른 물고기와 다르다. 몸의 미끌미끌한 점액질 때문에 손에서 미끄러지기 일쑤다. 호박잎을 서너 장 깔고 바늘을 빼야 한다.

게는 이렇게 잡는다. 게걸음이란 말이 있지만, 낫 들고 갯가에 나가면 게가 느릴 것 같아도 좌우 옆으로 갈지자로 내뺄 때는 번개 같다. 가만히 다가가 불시에 등짝을 찍어 잡아야 한다. 손으로 잡으면 집게에 물린다. 문어는 조개를 잡아먹고 산다. 사람 머리통 같은 대가리를 이리저리 흔들며 벌밭을 돌아다니다가 인기척을 느끼면 재빨리 굴에 숨는다. 이때 굴에 든 놈을 맨손으로 꺼내려 하면 안 된다. 굴 안에서 손을 잡고는 흡판으로 버티는 힘이 여간 센 게 아니다. 잘못하면 낭패 당한다. 기다리면 머릴 내밀고 밖으로 나온다. 두리번두리번 사주경계를 하는데, 이때 낫으로 머리를 획 낚아채면 쉽다.

노인은 소라나 전복이 어디 있는지 그 위치를 잘 안다. 소라 전복은 해초를 뜯어먹고 사는데, 송정 바닷가 바윗돌 밑에 많다. 조개는 모래밭에 산다. 등대 우측에 해풍에 잘 자란 풀밭이 있고, 호수 같은 만(灣)이 있다. 거기 파도 밀려오는 모래밭에 조개가 산다. 가리비 고동은 집단서식하여 한번 찾았다하면 몇 가마씩 나온다. 송남 모래밭에 많다. 파도 잔잔한 날, 가슴팍에 차오르는 물에 들어가 발바닥으로 더듬어 찾는다.

노인은 이 모든 걸 잘 알지만 한 번도 필요 이상 잡은 적은 없다. 그 날 필요한 것만 가져왔다. 노인에게 바다는 거대한 창고, 거대한 냉장고 같았다.

교인들은 주일이면 '오늘날 우리에게 일용할 양식을 주옵시고…' 주기도문을 왼다. 식탁에 앉아 이 구절을 외고 손으로 가슴에 성호를 긋고 식사를 한다. 그러나 노인은 그런 건 할 줄 몰랐다. 내가 보기엔 노인은 바다에 의지하고 감사하는 마음은 누구보다 깊은 것 같았다. 노인에게 바다는 절대적 신앙의 대상 같았다. 노인은 단순하고 겸허했다. 그런 노인의 모습에서 나는 신(神)에 가장 근접된 성스러운 모습을 발견했다.

헤밍웨이의 「노인과 바다」를 읽은 적 있다. 거기 불굴의 의지를 가진 바다의 노인이 그려져 있다. 그러나 나는 1966년 남해 미조리에서 또 다른 어떤 노인의 성스러운 모습을 만났다.

역시 맛있는 복어회

이시환

2018년 01월 09일 오후 6시, 속초 동명항에서 횟감을 사 2층 식당으로 올라가서 두 명의 친구 부부와 함께 여섯 명이 저녁식사를 겸해서 반주를 곁들일 수 있는 기회를 가졌다.

횟감으로 나는 복어(킬로그램 당 5만원)를 주문했고, 친구는 도다리(킬로그램 당 3만원)가 맛있다 하면서 도다리를 주문했고, 여성들은 그저 해삼 멍게 등을 주문했다. 광어·돔·농어 등은 언제 어디서든 흔하게 먹을 수 있다는 이유로 자연스레 배제되었다.

사실, '봄 도다리 가을 전어'라는 말이 있듯이, 모든 생선도 제 때 먹어야 제 맛을 느낄 수 있는 것은 사실이다.

도다리는 광어와 생김새가 비슷해서 외양으로만 보면 새끼 광어쯤으로 오해될 수도 있다. 하지만 광어는 '넙치'라 불리며, 실제로 넙치과에 속하지만 도다리는 가자미과에 속하는데 눈의 위치로써 구분한다.

광어는 살만 떠서 먹지만 도다리는 뼈째 먹기 때문에 입안에서 씹히는 질감이 많이 다르다. 뼈째 먹는다는 것은 곧 칼슘을 먹는다고 흔히들 생각하기에 더욱 식욕이 돋는지도 모르겠다.

나는 복어전문식당에서 복어탕을 꽤 즐겨 먹었었지만 복어회를 맛볼 기회는 드물었다. 그것은 오로지 복어회 맛을 모르기 때문이라기보다는 그 가격이 너무 비싸서였는데 이번 동명항에서는 주인아주머니의 추천도 있고 해서 복어를 주문했던 것이다. 킬로그램 당 5만원인데 실제로는 1.4킬로그램 정도를 주었다.

우리는 좁은 공간에서 필요한 장비와 시설을 갖추고 두 명의 아주머니가 회를 떠주는 곳으로 가 생선 구입금액의 10%를 수수료로 지불하고 회 뜨는 과정을 곁에서 지켜보았다. 두 아주머니의 자연스런 역할 분담과 빠른 손놀림, 그리고 횟감 종류별로 그릇에 담아내는 솜씨로 보아 대단히 숙련된 기술자라는 생각이 들었다. 우리는 그곳에서 초장·상추·깻잎·마늘·고추 등을 포장 단위로 무조건 천원씩 계산하여 필요한 만큼 사들고 2층 식당으로 올라갔다.

식당에서 나오는 약간의 밑반찬과 가지고 간 생선회를 펼쳐 놓으니 그야말로 진수성찬이 따로 없었다. 식탁 위 한 쪽에서는 매운탕도 끓고 우리들의 소주잔도 분주해졌다.

광어나 돔이나 농어 등의 회가 우리가 주식으로 먹는 맵쌀이라 한다면, 복어는 찹쌀에 해당한다고나 할까, 입안에서 씹히는 질감은 확연히 달랐다. 식감이 대단히 찰지고 쫀득쫀득하다고 나는 느꼈다. 다른 사람들은 이 맛을 두고 질기다고 말할지도 모르겠다. 그 빛깔도 얇게 썰어서 그런지 투명해보였지만 그 색깔이 다른 회에 비해서는 나의 안경처럼 아미가 좀 들어가 보였다.

역시, 나의 젓가락은 복어회로 먼저 갔지만 친구들의 젓가락은 도다리에게로 갔다. 하지만 복어회는 금세 바닥을 드러냈는데 여성들의 식탁에서는 전혀 달랐다. 복어의 독(毒 : tetrodotoxin)을 먹고 죽은 사레들을 떠올리며 위험하다는 이유에서 복어회를 일체 먹지 않거나 기피하는 바람에, 나는 비교적 많이 먹을 수 있었고, 그 덕으로 더욱 즐거웠음을 부인하고 싶지는 않다.

　일반적으로, 복어는 단백질 칼슘 비타민 등이 풍부한데 비해 유지방이 전혀 없으며, 고혈압 신경통 당뇨병에 좋고, 간장해독작용이 아주 뛰어나다고 알려져 있다. 뿐만 아니라, 허준의 「동의보감」에는 허약한 것을 보충해주고 습한 것을 제거해주며, 허리와 다리의 병을 낫게 하고 치질을 낫게 한다는데 과연 이런 기록이 있는지 여부와 복어가 가지는 과장된 듯한 약리작용에 대해서는 사실 확인 검증이 필요해 보인다.

　중국의 시인 소동파(蘇東坡 : 1037~1101)조차 "복어의 신비스런 맛은 죽음과도 바꿀만한 가치가 있다"고 말했다고 전해지는데 이 허풍스런 말 또한 그가 분명히 했는지 그 여부부터 확인이 필요해 보인다.

　그의 말대로라면 '먹고 죽어봐야 참 맛을 알 수 있는 복어'를 요즘 사람들은 '최고급 명품어류'라고들 말하는데 나는 이날 그것을 별로 좋아하지 않는 친구들과 기피하는 여성들 때문에 비교적 많이 먹을 수 있는 특별한 기회를 누렸다.

-2018. 01. 14.

홍어(洪魚)와 단골손님

이시환

　나는 바다 생선 가운데 홍어를 각별히 좋아한다. 어머님이 살아계실 때에는 변산해수욕장 부근으로 가서 온천욕을 즐기고, 백합이나 바지락 죽을 먹고, 부안 읍내 수산시장에 들러서 홍어(洪魚) 사는 일이 즐거운 일 중에 하나였다. 그래보았자, 일 년에 네 번 내지 많으면 여섯 번 정도였다. 어머님이 허리나 무릎이 아프면서부터는 온천욕을 즐기시었고, 유별나게 홍어를 좋아하셨기 때문이다.

　수산시장에 가면 의례히 홍어를 먼저 사는데 언제부턴가 국내산보다는 칠레산이 진열대 대부분을 차지했다. 나는 비록 흑산도 홍어는 아니지만 제일 크고 좋아 보이는 것으로 고르곤 했다. 물론, 가격도 무리 중에서는 제일 비싼 것으로 말이다.

　장을 보아 집으로 들어오면 어머니는, 화장실로 홍어를 들고 가서 손질을 하곤 했는데 너른 채반과 도마를 놓고 앉아서 작업하기에 편했기 때문이다. 그런데 언제부턴가는 집사람이 어깨 너머로 배웠는지 홍어 손질을 도맡아 하기 시작했다. 홍어를 손질하는 데에는 미끌미끌한 껍질을 벗겨내는 일이 제일 어렵다. 손가락 힘이 약한 집

사람이 하기에는 버거운 일이기에 시간도 적잖이 소요되었다. 나머지 일이야 머리와 꼬리를 자르고, 가운데 척추를 기준으로 좌우 5센티미터 폭으로 길게 자르면 된다. 살이 두텁고 깊은 부위로만 따로 떼어내어 그것을 가지고 생선회를 치듯 썰어낸다. 말 그대로 전혀 삭히지 않은 생살 회인 셈이다. 나머지는 탕이나 찜을 해서 먹는데 단연 이 생살 회를 뜨는 날은 모든 식구들이 한 상에 모여 앉아 먹는 즐거움을 누려왔다.

삭힌 홍어처럼 톡 쏘는 맛도 없고, 쿰쿰한 냄새도 나지 않는다. 그럼에도 불구하고, 우리 식구들은 별미처럼 아주 맛있게 먹는다. 그 비결은 초장이 한 몫 거든다. 우리 집 초장은 통상 이렇게 만든다. 당연히 집에서 담근 찹쌀고추장에 약간의 꿀과 식초와 다진 마늘 등을 섞어 만드는데 조금 시다할 정도로 식초를 많이 넣는다. 양조식초보다는 빙초산을 넣는 경우가 많다. 양조식초는 어지간히 넣어서 신맛이 나지 않기 때문이다. 해서, 보통사람들은 그 식초의 신맛 때문에 고개를 가로 저을 수도 있다. 우리 집 식구들은 그런 초장에 홍어 살점을 찍어 단순하게 먹기도 하고, 향긋한 깻잎에 싸서 먹기도 한다. 다만, 깻잎에 쌀 때에는 싱싱한 미나리줄기나 미역줄기 아니면 쪽파나 매운 고추나 마늘 등과 함께 먹는다.

아버님이 시골교회 장로였고, 어머님은 권사였었는데 종교적인 신념 때문인지는 몰라도 평소에는 일체 술을 입에 대지 않았지만 이 홍어회를 먹는 날만큼은 포도주라도 돌리셨다. 하지만 어머님이 돌아가시자 이 홍어회 먹는 즐거움도 사라져 버렸다.

나는 서울에 살면서 막걸리를 좋아하는 친구들이 몰려와야 삭힌 홍어를 파는 단골집으로 가곤 했다. 이 단골집은 대(代)를 이어 홍어

만을 파는 홍어전문식당인 셈인데 적당히 삭힌 홍어와 보쌈과 묵은 김치와 새우젓 등을 내놓는다. 소위, 삼합을 먹는 집이다. 그래도 내가 단골손님이라고 가면 언제나 익히지 않은 홍어 내장과 고춧가루 소금장을 내어준다. 사실, 고춧가루소금에 참기름이라도 넣으면 더욱 고소해지는 맛을 느낄 수 있다. 그러나 규모가 작은 대중식당이다 보니 참기름은 늘 빠진다. 그래도 운이 좋은 날이면, 하얀 접시 위로 오리알처럼 큰 홍어알을 내놓기도 한다. 홍어회를 꽤나 즐겨 먹었다는 어느 유명인사도 이집에서 홍어알을 처음 먹어본다며 신기해하기도 했던 기억이 난다.

사람들은 믿으려 들지 않지만, 나는 술기운이 올라오면 아무리 배가 불러도 이집의 홍어 애탕(내장탕)을 마지막으로 시켜 먹는다. 우리가 '애탕'이라 할 때 '애'는 순 우리의 옛말로서 내장·간·쓸개 등 일체를 일컬으며, 그것들을 넣어 끓이기 때문에 '애탕'이라 불러오지 않았나 싶기도 하다. 여하튼, 홍어 애탕 한 뚝배기에 밥 한 공기를 넣고 식탁 위에서 자글자글 끓여 나누어 먹으면 정말이지 술도 깨는 듯하고, 속도 편안해지며, 다음 날 아침식사도 썩 내키지 않는다. 사실, 이 애탕은 기름기도 많고, 보통사람들에게는 낯선 냄새로 지각되며 불결하다는 선입견까지 있지만 내 입맛과 내 몸에는 아주 잘 맞는 것 같다.

술친구들에게 이렇게 먹는 술이 곧 나에게는 '비아그라'나 다름없다고 진담을 해도 친구들은 농담으로 받으며 웃어넘긴다. 그야말로, 믿거나 말거나이지만 나와 함께 이 집에서 먹는 홍어 애탕을 지금껏 싫어하거나 거부한 사람은 없었다. 특히, 술을 즐기는 친구들은 놀랍게도 약속이나 한 듯 한결같이 너무나 맛있다고들 반응을 보이는 것이었다.

처음에는 내가 좋아해서 가게 되었지만, 나중에는 이집의 홍어 애탕 맛을 본 친구들이 그 생각이 난다며 나를 찾아와서 다시 가게 되는 일이 되풀이되다보니 자연스레 나는 이집의 단골손님이 되어 있었던 것이다. 솔직히 말해, 나는 지금도 술이 얼근해지면 이집의 홍어 애탕이 떠오르곤 한다.

그런데 내가 듣자하니, 바닷가 가깝게 살던 사람들은 봄철에 보리 새싹이 나올 때에 그 새순과 함께 넣어 즐겨 먹었다는데 나는 그 맛을 보지는 못했지만 보리싹의 파릇파릇한 색감과 어울려 식욕을 더욱 돋우었으리라는 짐작이 가고도 남는다. 오늘날은 그 보리싹 대신에 미나리 잎을 조금 넣어 주지만 말이다.

-2018. 01. 14.

물때에 만난 동행

류일복

어련히 가을이면 기러기들같이 나는 서두른다. 쥘부채로 바람을 부르지 않아도 쾌청한 절기가 등을 떠밀고 돌아선 그 자린 한번 자고 깨난 여행길 아침같이 언제나 저만치 소상분명하다.

외딴섬과 외톨이가 만난다는 것은 겹겹이 외로운 일인데도 누에등대섬은 기어이 내 발품을 이끌어냈다. 바닷물이 물러가면 평야처럼 낙낙한 갯벌을 누비면서 걸어들어 갈 수 있다는 소리 소문을 타고 섬은 내가 사는 근동에 누에처럼 누워 있었다. 내가 간택한 2016년 가을나들이기념 제1호인 셈이었다.

막 도착할 때는 마침맞게도 바닷물이 게걸음친 흔적이 낭자한 검은 갯벌에서 나무젓가락이 나들만한 구멍으로 뽀글뽀글하며 갓난이 게들이 노닥거리고 있었다. 개선장군마냥 2킬로 남짓한 섬까지 젖지 않은 신발로 바닷길을 꿈인 듯 걸어 들어갈 때는 물바다를 건너는 여덟 신선의 전설이 따로 없었다. 코를 벌름거린 갯바람 속엔 비릿비릿함보다 더 이례적인 천연갯벌만의 특권인 신선한 냄새가 감쳤다. 갈매기들이 부리를 갯물에 집어넣는 것을 보면 그들도 물때를 순간순간 즐겨온 듯 곧 신나는 분절음이 까아까아 허공에 가득 떴다. 바닷바람의 세기를 어느 정도 마주 이야기해 주는 풍력발전기가 바람개비처럼 쉬익쉬익 굉음을 내며 돌아가는 연도에 덤으로 이채로운 구경거리였다.

전망대에서 주위 바다를 관망하고 해질녘에는 핏빛 낙조를 놓칠세라 응시하면서 잘 왔다는 신바람 끝에 혼자 보기 아쉽다는 풍경이라는 여운이 합수목처럼 맞물렸다. 혼자라는 낱개를 떠올리자 다시 궁고함이 밀물처럼 검흘러들었다. 이 죽일 놈의 낱개는 시도때도 없이 불청객처럼 찾아온다. 회사서 무거운 일을 혼자 할 때나 식당서 혼자 밥을 먹을 때, 주말 텅 빈 숙사에 혼자 남아있을 때, 지지리 아무것도 할 것이 없이 궁상떨 때나 그것은 늘 섧게도 해설피 무렵처럼 찾아온다. 혼자라는 적막을 이길 방법을 따로 찾지 못한 나는 늘 그렇게 매번 가을 휴식일이면 익숙했던 곳을 버리는데 묽어진다.

이번 스케줄에서 나는 동행자를 찾지 않은 것이 아니었다. 친구들을 불러 모았지만 번번이 바람맞았다. 먼저 김군과 연락했던 것은 그도 그림 좋은 나그네처럼 떠돌기를 좋아하기 때문이었다. 그런데도 그와 함께 하지 못한 화젯거리가 있었다. "왜 하필 너네 동네냐? 유명한 관광지도 아니고 말이야." 시작부터 꽈배기처럼 꼬이더니 천군은 또 "나는 요즘 위장병 치료에 깡그리 비워서 한가하게 여행비를 들일 계제가 못되네."라며 말눈치를 넌지시 던지고 있었다. 회사 동료 강씨 아저씨는 가로되 "오는 주말은 친척 애 돌잔치와 겹치니 다음 주로 미루면 어떻겠냐?"는 것이었다.

기잡이는 나였다. 차라리 혼자의 독주가 더 자유스런 누림이지 싶어 나 스스로에게 힘껏 밀어주기로 결정했다.

바닷물이 들어온다고 관리아저씨가 호출했다. 나는 잰걸음으로 물목을 빠져나왔다. 둑에 앉아 깡통맥주를 졸랑거리고 노가리를 짓

씹었다. 밀물이 바닷길을 감춰가고 갯벌을 숨겨버리는 만조를 서서히 발가벗겨 보기로 했다.

드디어 물때가 시작되는지 가까이서 밀물이 설핏하게 갯벌을 덮고 내가 섬에서 돌아 나오던 시멘트 오솔길을 시나브로 언틀먼틀하게 지우기 시작했다. 누에등대섬은 멀리서 고립되어 갔고 다시 홀앗이 섬이 되어갔다. 방불히 그 징글징글한 판박이가 아닌가 하는 설음이 기슭으로 치닫는 바닷물처럼 내 가슴을 넘어서고 있었다.

시방 도둑고양이처럼 어둑발이 번져가고 사방 암흑이 휘어잡자 더는 밀물은 보이지 않은 채 움직이는 소리만 사르르 철벅 들려왔다. 갯벌을 감추는 승강운동을 관망할 수 없는 눈앞이 마음자리처럼 갑갑했다. 어둠이 찾아와서 작은 여마저 보이지 않는지 자못한 시커먼 세상은 비위에 거슬렸다. 물바람만 요란한 가운데 얼럭덜럭한 어둑서니가 각일각 나를 옥죌 것처럼 수굴했다. 낮에는 없던 것이 있고 있는 것이 없어지던 동화처럼 신비롭던 물때의 허영청은 착각하다 자칫 빠져죽는 수도 있겠다는 밤바다세계의 돌변한 진면모로 소름이 돋는다.

지푸라기라도 잡을 심정이 이때였을까, 불현듯 잠포록한 기운이 들며 섬쪽에서 왕눈이 하나가 나를 부드럽게 바라보고 있음을 느꼈다. 불같은 시선이 사선에서 구해주듯 내 마음을 안온하게 어루만지고 있었다. 이상하게도 마음이 미묘하게 풀리며 양광을 맞은 봄날 풀밭같이 안정감이 되살아 싱싱해지고 있었다. 나는 해바라기 아닌 달바라기마냥 경건히 쳐다보았다.

덩두렷한 상현달이면 그렇게 밝지 않은 것이요, 밤 수호신같이 등대가 반짝반짝 눈을 감았다 뜨기를 반복하고 있었다. 낮에는 등대가 나처럼 외롭겠다는 생각을 잠간 했었다. 바닷물이 차올라 관광객들

이 쫓기듯 다 빠져나간 물때면 우두커니 더 외로움을 견딜지 모른다
고 생각했다. 이젠 알 것 같다. 그의 점박이 눈빛은 나의 외로움과 다
른 것을. 나의 외로움을 눈 녹듯 가셔주는 것을 보면 그는 생겨나서
부터 외롭지 않은 존재였을지도 모르겠다.

고기 잡는 어민들이야 더 말해 뭣하랴. 거센 풍랑과 싸우고 두려움
을 키질하는 어둠속에서 헤매면서 길을 찾아 돌아오는 그들에게 가
까이 뭍에 대어오는 인도의 점등이 여간 훈훈한 것이 아니리라. 아
직 한밤중인 채 보잘것없는 속사정으로 살아가는 후미진 뒤안길을
훤명하게 밝혀주듯 오롯이 밤 장막 속에서만 빛내는 등대야말로 숨
은덕이라서 더 사랑하고 기대하는 이들이 많을 것이었다. 모두 살기
좋고 무사태평세월로 까밝혀주겠다고 안간힘을 쓰며 임처럼 우뚝
솟아나 좋다 굿다 말없이 비추는 것이리라.

이웃마을에 친구 회와 함께 영화 보러 갔었던 생각이 난다. 차마
저 흔치 않은 돌아오는 밤길에 비도 왔다. 우리 두 아이는 서로의 옷
자락을 거머잡고 우산 하나로 줄달음치듯이 길을 조였다. 나는 우산
을 들었고 그 아이는 손전등을 들었다. 나는 옷이 젖는다고 내 쪽으
로 더 기울였지만 그 아이는 내가 돌부리에 걸채여 넘어진다고 주의
를 주면서 내 앞쪽으로 자주 손전등을 비췄다. 그러다보니 그 아이
는 비에 젖을 대로 젖었고 거기다가 그 애의 앞은 어두워 돌부리에
걸채여 비틀거리기도 했다.

동행, 그랬다. 자신을 희생하면서라도 동행자를 아끼는 동행은 빛
났고, 끝까지 바다 너울과 견고를 용기를 줄 수 있는 것은 어깨동무
의 소중함이었다. 나는 왜 순수한 어린 그때의 감동이 없이 오늘도
저 혼자 걸음품을 들이려고만 했던가. 광휘로운 등대 불빛이 말해주
듯이 혼자 가는 세상이야말로 칠흑처럼 깊은 어둠 속이었다. 물때썰

때를 번복하는 싱그러운 천연갯바닥처럼 내 마음의 혼탁함이 순수하게 노출될 때까지 끊임없이 물갈이 해주어야 했다.

친구들 입장에서 생각하지 않은 내가 꾸리하고 서먹했다. 김군의 선택을 먼저 따르거나 어차피 먹어야 할 밥에 천군의 숟갈 하나 더 얹어주면 그만 아닌가. 강씨 삼촌을 다음 주로 기다리면 뭐가 덧나기라도 하는가. 남을 배려하지 않은 다라운 자사자리(恣肆自利)가 배했던 내가 장밤 캄캄칠야를 헤매도 쌌다. 바다를 떠난 섬이, 숲을 떠난 나무가, 물을 떠난 고기가, 하늘을 떠난 구름이 얼마나 외로운지 이젠 알 것 같다.

이렇게 고독한 것을 보면 나는 분명 혼자 닻을 올리고 바다를 주름잡던 쪽배였다. 독단과 안하무인으로 야욕을 섬기고 제멋대로 난폭 항해하다가 좌초될지도 모르는 뱃길의 위험에 등대가 이쪽으로 선회해서 오라고 친구의 손전등같이 높은 곳에서 등불을 반짝이며 아늑하게 밝혀주고 있었다.

무슨 음식가지든지 쌈 하나에 어우러지면 감칠맛이 나듯이 나도 사랑하고 염려하고 양보하면서 쌈 속에 들어가 곱삶이 인생을 살아보리라. 더 이상 말동무 없이 추레하게 이 여정을 줄여갈 수 없다. 친구들에게 누에등대섬 이야기를 전해주리라. 물때는 독하게도 찢어놓고 고립시키려 해도 동행의 등대는 끝까지 남아서 길을 찾아 비춰주더라고. 그리고 다시는 혼자 다니지 않겠다고 약속하리라.

밤이 낮인 것처럼

류일복

파도가 바위에 부딪는 소리가 없어도 뭍은 시끄러웠다. 어패류 스티로폼박스를 따라온 바닷물이 흘러내려 무릎까지 긴 장화 아래 질척거렸다. 종아리까지 감싼 앞치마를 펄럭거리며 하나같이 소매를 따라 걷어 올린 긴 비닐장갑 차림인 그들의 모습은 갯벌이 어른거렸다. 뭐니 해도 밤에만 일하는 자체도 고단한 싸움인데 평생을 그렇게 살아야 할 삶 자체와의 투쟁이라니. 아득하고 모질어 보였다.

이곳은 야간이라 해서 스산한 기운이 감돌고 햇빛 없다고 해서 생기 없는 써늘함이 정해져있진 않다. 분명한 것은 밤일 한다고 해서 어두운 쪽으로 생각해서는 안 되는 신성하고 밝은 노동현장이라는 것이다. 육지라고 해서 본디 육지의 냄새도 나지 않은 채 다 어질러 버리기도 했다. 뭍이라고 하기에는 바다가 먼 어중간한 곳에서 나는 뛰고 있다. 간만에 밤을 뛰어봤다. 그나마 몇 년 전에 자동차부품회사에서 교대로 야간작업을 해보았을 뿐 완전히 물구나무서기로 쭉- 걸어가듯 바지런히 뛰었던 밤은 짐스럽지 않을 수 없었다.

진짜 발바닥이 닳도록 다리품을 팔아야 하는 곳, 한시라도 늦추면 살아있는 싱싱한 것들이 해묵어지는 곳, 고객들과의 오랜 거래를 하루아침에 대충 얼버무렸다간 다시 찾지 않는다는, 그래서 하루아침에 장사가 물거품이 되는 곳이기도 하니 단단히 정신을 차려야 한다고 첫 면접 시 사장은 꼼꼼히 명시해 주었다.

나의 밤 알바는 그렇게 시작되었다. 무릇 물에서 나오는 것들은 모두 취급하는 가락시장 수산물공판장, 이곳은 무조건 밤을 낮과 바꿔 거꾸로 살아가는 박쥐나 부엉이 같은 날짐승들을 닮은 삶이었다. 그렇게 살아가야만 하는 인업들을 펼쳐주고 있다.

밤 10열시부터 내가 아르바이트 하는 곳은 조개류를 취급하는 '남씨수산'이다. 내가 밤에 일하러 나와서 두 눈으로 보고서야 이렇게 밤에만 사는 사람들의 생활에 질서가 따로 모아져있구나 하는 것을 폐부 깊숙이 해녀의 물질에서의 공기처럼 빨아들일 수 있었다. 수산물 공판장에만도 어림잡아도 수천 명이 밤에 종사하면서 북새통을 이루고 여느 시장 못지않게 흥성시켜 간다는 사실을 나는 신비롭게 혹은 낯설게 바라다보았다. 전국 각지에서 트럭을 운전해 와 대기시키고 약삭빨리 상품을 받아가는 공급상들까지 들락날락하니 몰고 온 신선한 새벽바람도 내려놓아지면서 나는 정신이 번쩍 살갗을 허빈다. 가장 신선한 것을 공급하기 위하여 햇빛이 쏟아지기 전 새벽과 같이 부지런히 움직여야 해서 흐르는 물처럼 멈춤도 정적도 당연히 있을 수 없다. 활력이 감도는 사람들이 식전부터 땀을 생산해내고 있는 건 이상한 것 같아도 하나도 이상할 것 없다.

하여튼, 만나지든 이루어지든 바다와 물과 낮 새도록 싸운, 밤꿈을 낮에 꾼 사람들은 해가 어둑어둑 저물어서야 하품을 쩍쩍 해대면서 슬멋슬멋 작업복들을 챙겨 입고 일을 나온다.

나는 밤 10시, 출근하자마자 하는 일은 사장을 도와 가게를 열고 어제 팔다 남은 어패류들을 씻고 다듬고 신선함을 유지하기 위한 얼음들을 넣어줄 것은 두툼히 넣어주면서 고객 맞을 가게내기로 정리하는 것이다.

바다가 보이지 않는 땅은 빛 없는 밤에도 젖어있음이 보이도록 대낮같이 휘황찬란하다. 한 편에서는 부릉거리면서 실북 나들듯 비릿한 냄새들을 차들이 몰아와서 속속 도착하자마자 유통업 사장들이 '밥통'으로 눈치 빠르게 몰리고 있다. 좋은 밥이 왔을까 좋은 밥을 좋은 값에 받아야 하겠다는 사장들의 공통된 속계산이다.

하필, 추운 겨울에 성수기이고 마파람이 이는 맵짠 야밤과 새벽대가 황금시간이라니. 차에서는 대기하고 있던 일꾼들이 재빨리 '밥'들을 씨엉씨엉 들어서 내려주고 있다. 그들의 어쩔 수 없는 생업이라고 생각되면 이미 소금꽃이 핀 어깨와 잔등은 조금도 헐거워 보이지 않았다.

형광등이 대낮같이 밝혀진 자시쯤에 중이 염불하듯 하나도 알아듣지 못하지만 박자가 일정한 경매사의 무선마이크 소리 속에 정확히 경매가 진행된다. 곧 도매꾼들이 물건을 받아다 자기 가게로 옮겨놓고 야간장사에 돌입한다. 전국 각지에서 거래처들이 계속해서 물밀 듯 밀려들어오고, 그 고객들의 소분된 상품을 전동차들이 실어나르고 오토바이, 리어카까지 동원되어 가뜩이나 바둑판같고 늘 젖어있어 미끈거리는 골목길들이 미어터진다. 들여오고 쌓고 나르고 챙기는 사람들로 초초분분도 가라앉을 새 없는 분위기는 오히려 밤을 밤 같지 않게 해 왁자지껄 시끄럽고 졸음이 저만치 썰물처럼 밀려왔다 달아난다.

그 속의 한 일원인 나도 리어카를 끌고 요리조리 조개처럼 헤집고 다닌다.

"어이, 류형 박씨수산에 칼바 두 개." 오너가 부르는 대로 나는 스티로폼 박스를 준비해 앙증맞은 바지락조개 2킬로씩을 저울에 담아서 포장한다.

한 번 갔다 온 거래처인 박씨수산은 젓갈시장 쪽으로 빠져야 하는데 장사하는 다른 장사꾼들의 가게 앞의 창자처럼 비좁은 오솔길을 지나치자면 참 양해를 많이 구해야 하고 말주변도 있어야 한다. "자, 지나갑니다.", "잠시만요.", "길 비켜주시지요." 대로보다도 더 막히는 나의 배달일이지만 제때에 속도를 다해 납품을 해야 하는 것이 선수로 익숙해지는 지름길이다.

처음에는 머리를 갸웃하면서 칼바가 뭔지 다시 물어봐야 했다. "칼국수에 들어가는 바지락을 말하는 소리야." 그렇게 조개류에도 유통관계자들만이 알고 있는 은어들로 분류된다. 나는 그것부터 헷갈리지 않게 노트에 적어가면서 기억해야 했다. 바지락 하나에만도 이름이 다양하다. 물에 담았다고 해서 물바, 가장 실하고 굵은 놈이라고 해서 왕바, 봉지에 담았다고 해서 봉바, 살아있다고 해서 활바, 물에 씻기지 않았다고 해서 겉바, 흙 그대로 있다고 해서 토바…. 나는 이것들을 처음에는 헷갈려서 다른 가게에 가져갔다가는 다시 뛰어가서는 돌려오는 수도 있었다. 몇 걸음 떼기도 어렵게 수북이 쌓이고 얼음물이 출렁이는 대합을 실은 리어카를 끌고 순식간에 몇 십 곳의 거래처에 나를 때는 발바닥이 아파서 절뚝거렸다. 그렇게 시장 안은 경험 없는 신입사원인 나와 경쟁을 해 고객들에게 직접 몸으로 뛰는 오너들도 많았다. 시간이 고객이넘이었고 곧 날이 개이면 장사를 망친다는 일념으로 그들은 발바닥이 땀나게 나는 듯 다녔다.

밤을 선택한 삶인 이상 밤과 낮을 행복으로 바꿔 요리해야 하는 것은 사장과 직원에게 피해갈 수 없는 그들만의 똑같은 스케줄이었고, 코스였고, 결국 혹 같은 시련과의 맞장이었다.

처음 야간일하는 사람들은 늘 잠빚에 시달린다. 나도 마찬가지로 낮에 잔 것은 잔 것이 아니었다. 유리창의 햇빛을 차단시키는 두터운 커튼을 치고 모든 전원을 끄고 잠을 청하고 실컷 잔 것 같은데도 밤일에 나서면 다시 무기력하고 눈에 핏발이 서있다.

그렇게 몇 년이고 밤일을 하는 이 곳 시장사람들은 일처럼 햇빛을 못보고 산 터다. 낮에 해야 할 일들을 밤에 처리하고 야간 일을 하는 모든 이들에겐 밤참이 간식이고 야식이 점심이고 아침이 곧 저녁이다. 아침에 만나 나누어야 할 인사를 밤에 만나 인사를 나누고 똥도 밤에 싸고 마누라도, 애 녀석도 낮에 봐야 한다. 휴대폰 스토리도 뉴스도 짬짬이 밤 휴게시간에 듣고 보고 얻는다. 꼭 만나야 할 낮손님들도 헐수할수없이 기다려서 그들의 시간대에 맞춘 이곳 삶의 현장 같은 질펀한 곳에 기웃거리면서 불편한 걸음을 내주게 한다.

50대에 오른 우리 사장만도 20여 년을 하루같이 밤노동을 해온 베테랑이라고 하니 혀를 홰홰 내두르고 만다. 어찌 그렇게 수많은 날들을? 하지만 그에겐 그동안 쌓아온 인맥과 단골고객과 두 아이와 아내의 몫을 감당해야 하는 외에 다른 선택은 없었다. 자세히 안 들여다봐도 세월을 이기고 가는 데는 장사가 없다. 그래서 이웃 가게 사장들이나 동료들을 보면 모두가 씩씩한 것보다 이악스러운 느낌이 난다.

이 곳 사람들은 다 목소리가 높다. 어지간해서 인사는 생략하고 일부터 시작하는 사람들이 일에서 자주 삐걱대는 모양이다. 물론 잘 들리지 않아서겠지만 장사를 하다보면 뭔가 아귀가 맞지 않아 고음으로 기름이 떨어진 차륜처럼 덜컹거리고 따지고 지나가야 한다. 오랜 장사에서 이골이 튼 사람들이 선손을 써서 상대방과 기세를 몰아가기 위한 자세에서 스스로 목소리가 만들어진다. 장사를 하는 사람들은 구태의연하고 말에도 능수능란하고 모두 자신심에 차있는 듯하다. 처음부터 뭔가 계산에서 거래처와 맞지 않는 낌새를 차리거나 이웃 장사꾼들과 먼저 돌려쓴 물건들이나 저촉되는 담합 건 같은 것이라면 목소리가 떫고 탁하고 거칠 때도 있다. 노련함이 도를 넘어 가끔씩 맨 정신으로 들을 수 없는 쌍소리도 쏟아진다.

이상하게 서로 웃지도 않고 따지고 시비를 걸고 듣기 거북한 말로 상대를 면박 줘도 상대는 주눅들지 않는 것이었다. 그래서 누가 옳고 그른지 알 수 없어 몽롱했다. 서로 옳다고 이해관계를 따지고 어느새 한편으론 자기 할 일을 다 하는 것이었다. 그렇다고 다시 안 볼 사람처럼 끝나는 싸움도 아니었던 것이다. 따로 칸막이 되어있지 않는 시장통 원룸은 금방 누구와 아무개가 수틀렸다하면 다 알고 소문이 잘못 터져버린다. 그래서 밤을 낮처럼 살아가는 이들의 싸움은 결국 거기서 거기까지였다. 밤장사를 해먹는 사람들은 서로의 고단함과 서글픔을 알고 있기 때문이다. 그리고 멀쩡하게 생겨먹어도 속은 조갯살처럼 얄캉얄캉하다는 것도.

처음에 나는 야간일도 적성에 안 맞는데 이런 험한 꼴을 보고 전혀 습관이 되지 않았다. 가슴이 두근거리고 당장이라도 게처럼 뒷걸음질하고 싶었다. 그런데 가만 보니 그들은 다투는 것이 다투는 것이 아니었다. 정색을 하고 덤벼들던 그들이 소주 한 잔에 풀어지고 각자 조용히 자기 일을 하러 돌아가는 것이었다. 내가 이튿날엔 리어카를 끌고 단골손님 차에 짐을 운송해주다 보면 끝머리 식품난전에서 어제 오늘 심각한 이야기를 문제 삼던 가게 주인들이 막걸리 한 잔 나누면서 미소 띤 얼굴들로 농지거리를 나누는 것을 발견한 것이었다.

싸우는 데도 어쩜 얼굴 붉히지 않고 목소리가 높은 데도 손 삿대질이거나 주먹을 내흔들고 그러지는 않았다. 손가락셈에서 오해가 생긴 이상 누가 이겼는지도 모르고 판은 싱겁게 끝나고 서로 어깨를 툭툭 치거나 그러면 다툼은 끝나는 것이었다. 다시 하루 지나면 어딘가 각이 맞지 않은 살림가구처럼 또 삐걱대는 것이었다. 그러다 또 그쯤해서 밥 때 되면 밥 먹으라고 손을 잡아끌고 가게내기에서 커피를 받아다 나눠 마시고 난롯불을 쬐이고 그러는 것이었다. 나는 어딘가 농락당한 기분일 수밖에 없었다.

제 아비도 속인다는 장사는 한물이 가고 그렇게 하는 것이 아닌 것을 이 본바닥은 현시했기 때문이다. 서로 도움 주면서도 단골고객을 확보해야 하는 장사는 곧 이웃과의 싸움이기도 해 결국 속을 알고 보면 뒤끝이 없는 성실함과 인내의 것을 필두로 할 수밖에 없었다. 분명한 것은 이웃을 홀대하는 외목장사나 호객행위, 고객들을 속이는 장사는 언젠가는 수면위에 드러나 있게 되어있어 바로 칼로 바지락면발 끊듯 그 길로 가게 문을 내려야 한다는 것이었다.

그 힘든 곳에서 삐걱거려야만 하는 것이 그러려니 해야 하는 심정이다가 인차 풀어지는 그들이 또 그러려니 여겨지는 것이었다. 매일 밤 만나 낮을 맞대야 하는 그들이 틀어져서는 좋을 것이 하나도 없어서였다. 특히나 옆에 사람이 없이는 한 발짝도 내디디지 못하는 장사는 그랬다. 사람을 얻는 것이 남는 장사였다는 것을.

사람들은 그렇게 기인 밤 노동을 견디고 무난히 살아가고 있었다.

내가 일하는 가게의 난로는 옛날식 기름난로였는데 이곳 공판장에서는 제일 따뜻하다면서 사람들이 지나가다가도 들르는 곳이다. 그래서 늘 난롯가에는 사람들이 오구구 암탉 밑을 파고드는 병아리들처럼 모여 서있다. 난로에 얼낌덜낌 모여앉아 바닥에 흘러버린 조개나 오징어를 집어 난로 위에 구우면 껍데기를 벌리며 속살을 드러내는 별미 안주가 되기도 한다. 밤참을 하고난 국물 한 그릇이면 해장국만치나 속을 후끈하게 덥혀주기도 했다. 그냥 할 말이 없이 싱거우면 굴러다니는 조개 한두 개를 난로 쇠뚜껑 위에 구워서는 절반 쪼개서 나눠먹기도 하고, 또 밥 때가 되면 국물 한두 숟가락씩 나눠 퍼먹는 것이 별맛이고 별재미였다. 밤에도 사람이 그립지 않다는 것이 또한 버팀의 힘인 듯싶었다.

물을 만지고 추위를 쫓는 이들의 세상은 그래서 늘 텁텁했고, 술이 함께 하지 않으면 안 되는 것 같기도 했다. 야간일만 해도 고단한데 추운 겨울 젖어있는 것들과 얼음을 안고 실랑이질 해야 하고 씻고 다듬어내야 하는 것들과 하루하루 견뎌내야 하는 지겨운 이들은 가끔씩 짬을 얻어 술로 털어낸다.

엊그제 화해로 술 마시던 화장실 코너에 있는 매점과 간이식당은 선술을 마시고 가는 사람들로 시끌벅적하다. 술 한 잔 하다보면 이야깃거리가 생기고 시비가 생기고 그 시비를 다시 풀어가는 술, 몸도 녹이고 고단한 삶도 녹이는 술이, 그래서 이 시장바닥에서는 일과 술을 겸하는 일상이 되어버린 사람들도 적지 않은 듯했다.

애주가인 동료 김형은 이미 7년차 전문학교 급식 담당이다. 조개류가 들어오면 다듬고 손질해서 포장하는데 그 솜씨가 일품이다. 이곳 사람들을 알 만큼 다 알고 배달지리도 꿰뚫고 있어 상당히 나에게 도움을 주고 있다. 그와 함께 배달길을 익히러 나서면 여기저기서 붙들어서 한 잔 하라, 국물 한 숟가락 뜨고 가라고 팔을 잡는다.

그는 이 시장에 정들대로 들어서 또 다른 일을 찾아 한다고 하는 막연한 생각은 감히 꿈도 꾸지 못했다고 어필한다.

더러, 여성 장사꾼들도 보인다. 커피 파는 아줌마나 요구르트 아줌마도, 포장마차 아줌마도 단골고객들 때문에 밤새 잠을 쫓는 눈웃음을 팔면서 화기를 돋우기도 한다. 그러니깐 밤은 조금 때늦은 꽃들일지라도 있을 건 다 있는 듯 환하게 밝히는데 일조하고 웃음꽃이 감친다.

남쪽 건물 바깥에는 건어물시장이 포진해있고, 북쪽 건물 바깥에도 젓갈 사거리가 교두보가 되어 이곳에는 늘 바다냄새가 떠돈다. 육지서 밤바다를 만나는 풍광이다.

며칠 야간 일을 해보고 나서야 나도 정직으로 일한다면 그들의 밤대오에 끼어야 할 것이라는 처절한 생각이 들었다. 그래서 사장님은 먼저 아르바이트를 시켜보고 정식 고용하든지 말든지 결정하자고 했던 것이지 않을까? 사흘만 밤일하고도 도리머리를 젖고 도망가는 직원들이 태반이라 아예 알바만을 고용한다는 남사장님의 반신반의 하던 마주이야기이기도 하다.

그만큼 살아가고자 하는 이곳은 외롭고도 외롭지 않은 치열함의 이상이었다. 살고자 전의를 불태우는 사람은 남을 것이요, 한낱 고생을 두려워하는 사람은 뒤도 돌아 안 보고 떠날 것이다. 그래서 이 어패류 밤시장에는 젊은이들은 도통 눈을 씻고 찾아보아도 보이지를 않는다.

어릴 때 우리 집에서는 수전(水田) 농사인 벼농사를 지었으면서도 한전농사인 옥수수밥상만 늘 차려졌다. 가난 때문에 어쩔 수 없었지만 물고기와 조개를 주업으로 만지는 사람들도 그것에 질려서 횟집에 잘 가지 않는단다. 그러나 질린다고 싫다고 바꿀 수 없는 것이 어제 오늘, 그리고 내일의 생업이다. 우리 남사장도 하루와 같이 일해 온 20여 년을 쉽사리 누구한테 물려주고 자시고 할 것도 없는 숙업일 것이다. 그만큼 그것을 먹고 사느냐에만 맡기지 않은 밤문화의 선도요, 숙업으로 의식을 바꾸면 무난한 직업일 터였다.

동해가 떠오르니 하나둘 가게들이 장사를 접는다. 아침 8시가 넘어서자 나도 퇴근하려고 팔다 남은 물건위에 얼음을 올리고 천막이거나 헌 이불 같은 것으로 꽁꽁 싸매고 여민다. 한낮이면 남은 물건들을 주섬주섬 거두고 가게 앞 청소까지 말끔히 해낸 공판장은 밤새 무슨 일이 있긴 있었냐는 듯 왁자지껄하던 풍경은 사라져버리고 고즈넉하다. 대신 도떼기시장처럼 방불케 하는 옆 건물인 수산물시장에는 다시 낮장사가 소란스럽게 시작되는 것이다. 소매상들을 위주로 막 손님들을 맞으려고 부산을 떠는 낯선 얼굴들을 보면서 밤과 낮의 노동일은 이렇게 극명하게 엇갈리는구나 하는 만감이 교차한다.

햇빛 없는 바다 속에는 어패류들이 산다. 그것들이 바다를 떠나서 양지인 뭍에서 살 수 없듯이 빛 없는 곳에서 살아가는 사람들은 동병상련처럼 이 밤직업을 떠나선 이젠 한시라도 살지 못한다. 그래서 그 어패류들을 닮은 삶들은 낮이 없거니와 없다고 생각한다. 민물을 만난 바닷조개가 살려고 입을 꼭 다물 듯이 야간일을 해야만 하는 사람들의 속사정에 눈물겹다. 그렇지만 그것은 보람된 일이고 떳떳한 노동일과의 수판알을 챙챙 튕길 것이다.

한편, 그들처럼 야간일을 하지 않으면 한시라도 살 수 없어하는 이들이 있다. 이곳은 수산시장보다 더 밝은 조명등이 화려하고 인테리어가 황홀하고 옷차림들이 눈부신 밤이다. 유혹에 빠진 이들이 밤만 되면 그리로 출근하고 아침이면 똑같이 퇴근하는 사람들이 많다. 단, 수산물시장 일꾼들처럼 육체적인 힘겨루기는 없다는 것이다. 바로 밤에 영업을 개시하는 카지노다. 한방에 로또당첨을 기대하는 그들은 카지노가 없으면 못사는 생업으로 전락되었다. 결국, 그들도 먹고 살고자 찾아드는 것인데 불지 않는 삭풍이 없음에도 견디지 못하고 노곤하지 않은 삭신이 정신적으로 물러터져 마침내 시나브로 죽어간다. 몸으로 때우기 위해 밤을 선택한 고달픈 인생살이는 어떻게든 살아질 수밖에 없고 도박중독으로 헛꿈을 살아내는 맘으로 찌든 가련한 사람의 밤은 끝내 찬란하게 밝아지는 값을 못 봤다.

문득, 이순신 장군의 일갈이 들려오는 듯하다. "살고자 하면 죽을 것이요, 죽고자 하면 살 것이다."

우리바다 연안 갯벌과 굴양식

윤성도

1. 우리나라 연안

우리나라 서해안, 밀물에 바닷물이 빠져 나가면 광활한 갯벌이 서서히 나타난다. 서남해안 갯벌은 만조 때 바닷물에 잠기고 간조 때에 드러나면서 바다 속 해저가 하루에 두 번씩 육지가 되는 세계적으로 흔치 않은 해양생태를 가진 곳이다.

갯벌은 조류에 실려온 미세한 흙들이 오랜 기간 해안에 쌓여 생긴 평탄한 지형이다. 갯벌이 발달하기 위해서는 우선, 조수 간만의 차이가 커야 하고, 깊지 않은 바다에 평탄한 바닥이 넓게 분포되어 있어야 하며, 강을 통해 바다로 퇴적물이 많이 흘러들어야 한다.

이런 조건을 가장 잘 갖춘 곳이 우리나라 서남해안이다. 우리 갯벌은 생물종의 다양성이 풍부한 것으로 세계 5대 갯벌 중 하나로 손꼽히고, 생태계의 우수성으로는 단연 으뜸이다. 갯벌은 수산동식물의 산란장이 되고 성육장이 되며 바다자원의 시작도 여기서부터 비롯된다. 이 갯벌은 더 깊은 바닷모래와 환경적 생태적으로 자연스레 연결된다. 따라서 바닷모래의 채취는 갯벌의 생태적 환경을 변화시

광활한 갯벌

밀물 때의 갯벌

썰물 때의 갯벌

바지락채취

갯벌바지락

다양한 갯벌생물들

켜 수산 동식물의 생태에 좋지 않은 영향을 끼
치게 됨은 불문가지다.

1997년 유명한 영국의 과학학술지「네이처」지는 갯벌의 경제적 가
치가 농경지보다 100배가 넘는다는 논문을 실었다. 그러나 우리나
라 갯벌의 다양성과 생태계의 우수성으로 본다면 우리 서해안 갯벌
의 경제적 가치는 이보다 몇 배는 더 높은 것으로 판단된다.

굴, 바지락, 가무락, 동죽, 피조개, 고막, 새고막, 맛조개, 떡조개,
죽합, 피뿔고둥, 칠게, 길게, 쏙, 낙지, 망둥어, 짱뚱어, 함초, 칠면초
등 수십 가지 수산 동식물이 모두 갯벌에서 나오고, 외국인들은 거
들떠보지도 않는 이들 어패류와 식물들을 우리는 조상대대로 우리
식탁에 올려왔기 때문이다. 우리 갯벌이 갖는 경제적 가치가 세계
어느 갯벌보다 월등하게 높은 까닭이 여기에 있다.

2. 굴 이야기

갯벌은 오랜 세월 인류의 생명을 이어오게 한 삶의 터전이기도 하

다. 패총 등 갯벌지역에서 발견되는 선사시대의 유적이 이를 잘 설명해준다. 갯벌에 서식하는 조개를 캐 먹고 석축을 쌓아 고기를 잡거나 돌을 던져 굴이 붙게 하는 등 어로행위가 그렇다. 이 원시 형태의 어업활동의 흔적은 지금도 남아있다. 서해안지방의 굴투석양식장과 독살 등이 좋은 본보기다.

특히, 굴은 우리 인류가 오래 전부터 식용해온 수산식품으로 굴의 생산과 소비에 대한 이야기는 동서양을 막론하고 그 역사가 매우 깊다.

기록상으로 유럽에서는 기원전 95년경 로마인인 세르기우스 오라타(Sergius Orata)에 의하여 양식하기 시작했다는 기록이 있고, 동양에서는 송나라 시대(420년경)에 대나무에 끼워서 생산을 하였다고 한다.

우리나라는 1454년 단종 2년 공물용으로 굴을 생산한 것이 처음으로 기록되어 있고, 일본은 이보다 200여 년이 더 늦은 1670년경 히로시마에서 처음으로 굴양식이 시작되었다고 한다. 그러나 투석식에서 수하식 방법으로 바뀌는 근대의 굴 생산방법은 일본이 앞선다. 남해안의 수하식 굴양식이 일본에서는 1923년, 우리나라에서는 1960년경에 개발되어 오늘에 이르고 있다.

굴은 날로 먹는 것이 맛과 향이 좋아 굴회로 많이 즐긴다. 김치 담글 때 넣거나 어리굴젓 등 젓갈로 담가 먹기도 하고 최근에는 웰빙 바람이 불면서 굴국과 굴밥으로도 많이 이용되고 있다.

굴은 우리 뿐 아니라 서양 사람들도 좋아하여 일찍부터 애용한 것으로 알려지고 있다. 유럽에서는 옛날부터 굴을 정력강장(精力剛腸)제로 여겼다는 기록들이 남아 있다. 고대 유태인은 굴을 최음성 식품으로 간주하여 종교상의 터부로 굴을 입에 대지 않았다고 한다. 굴에는 글리코겐과 미량영양소인 아연(Zn)이 많은데, 글리코겐은 에너

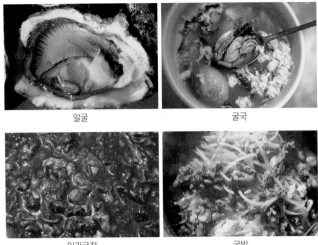

알굴

굴국

어리굴젓

굴밥

지원이 되고, 아연은 정액 중에도 다량 함유되어 성호르몬의 활성화에 중요한 역할을 한다.

역사적인 인물이나 영웅들이 굴을 애호했다는 이야기는 지금까지 전해 내려오고 있다. 독일의 명재상 비스마르크는 한번에 175개를 먹어서 객석의 사람들을 놀라게 했는가 하면, 나폴레옹은 전장에서조차 세 끼 식사에 굴을 빼놓지 않았다고 한다. 중세 유럽의 사교계를 자기의 손아귀에 넣고 흔들었다는 카사노바는 매일 밤 살아있는 굴 50개를 의무적으로 먹었다고 전해온다. 수산물을 날것으로 먹지 않는 유럽인들도 굴만은 날것으로 먹는다는 얘기다.

3. 굴과 갯벌

굴과 갯벌은 떼려야 뗄 수 없는 관계다. 우리나라 갯벌 어디에서든 굴은 쉽게 찾아 볼 수 있다. 갯벌의 돌이나 바위에는 어김없이 굴이 붙어 자라기 때문이다. 당연히 굴의 산란과 수정도 갯벌지역에서 이루어진다. 남해안 수하식 양식 굴도 갯벌에서 채묘하여 옮겨간 것이다. 갯벌이 굴의 텃밭인 셈이다.

굴은 6~8월에 암수가 산란을 한다. 산란된 정자와 난자는 바닷물에 떠다니다 서로 만나 수정을 하게 되는데, 수정 후 2주 정도가 지나면 성숙한 유생이 되고, 부착기질을 가진 유생이 돌이나 조개껍데기에 붙어 어미 굴로 자라게 된다.

굴양식은 자연으로 떠다니는 굴 유생이 특정 물체에 붙게 하여 굴을 기르는 것으로 그 방법은 송지식(松枝式), 투석식(投石式), 수하식(垂下式), 간이(簡易)수하식, 걸대식, 타이어식, 포장(包裝)끈식, 수평망(水平網)식 등 다양하다. 이 중 수하식은 주로 남해안 깊은 수심에 시설하는 것이고, 나머지는 대부분 서남해안의 갯벌지역에 시설한다.

우리나라 남한 전체 갯벌의 면적은 약 2550평방킬로미터에 이른다. 이들 모두가 쓸모 있는 갯벌은 아니다. 갯벌의 일부 생태적인 기능은 하지만 우리가 소비하는 유용수산물들이 직접 자라지는 못한다는 얘기다. 발이 푹푹 빠지는 펄 갯벌, 단단한 모래갯벌에는 수산생물이 서식하지 못한다. 이렇게 쓸모없어 버려진 갯벌을 황금어장으로 바꾸는 것이 굴양식방법이기도 하다. 지역에 따라 시대에 따라 달라진 굴양식방법을 알아본다.

펄갯벌   펄갯벌   모래갯벌1

모래갯벌2   자연산 굴이 붙어있는 바위   자연산 굴

4. 송지식 굴양식

소나무 가지를 꺾어 갯벌에
꽂아 굴 유생이 붙도록 하는 방
법이 송지식 굴양식이다. 비교
적 오래된 굴양식법으로 지금은
거의 찾아보기 힘들다. 송지식
은 썰물 때에도 물이 완전히 빠
져나가지 않는 갯벌에 주로 시

송지식 굴양식

설했고, 대규모로 하기보다 소규모 시설이 대분이었다. 송지식을 일
부 지역에서는 송화식이라 부르기도 한다.

5. 투석식 굴양식

갯벌에 큼직한 돌을 깔아 굴을 기르는 방식. 갯벌에 돌을 깔아 놓
으면 산란기에 부착기질이 있는 굴 유생이 떠다니다 돌에 붙어 자라
게 된다. 투석식 굴 양식장을 보면 대개 반듯하게 줄을 맞추어 놓았
는데, 이는 조류 소통을 원활하게 하여 굴 돌이 펄에 묻히지 않도록
하기 위해서다.

굴투석식 양식시설은 1970년대 초반 새마을운동에 힘입어 서해안
어촌에 대대적으로 시설하기도 했었다. 변변한 장비도 없었던 그 옛
날, 무거운 돌을 수도 없이 옮겨야하는 일이 보통 힘든 일이 아니었
지만, 그야말로 새마을정신 하나로 양식장 일구기에 나섰던 것이다.
굴투석 양식장이 근면, 자조, 협동의 새마을운동을 실천하는 장이 되

었던 것이다. 당시 굴투석 양식장은 마을 주민들을 한 마음 한 뜻으로 모으는 데에 크게 기여했으며 어촌 소득증대에도 큰 몫을 했다.

투석식양식장시설광경

그러나 세월이 흐르면서 투석식 굴양식법이 퇴색해졌다.

자연 환경보호 운동이 전개되면서 굴 돌 채취는 자연훼손과 맞물려 돌을 구하기가 어려울 뿐 아니라, 인건비 상승 등으로 무거운 돌을 옮기는데 따른 비용이 만만찮았고, 시설 후에도 펄에 묻히는 경우가 많아 효율 면에서도 크게 떨어진다는 생각을 점차 하게 된 것이다.

치패부착

투석식 굴양식은 돌을 까는 것으로 끝나는 것이 아니라, 해마다 펄 속에 돌이 묻히지 않도록 관리해야 하고, 굴 돌에 붙은 불필요한 조개나 따개비 등을 떼어내는 갯닦기 작업도 지속적으로 해 주어야 한다. 하지만, 어촌사회의 인구 감소와 노령화로 인한 노동력 부족, 그리고 갈수록 힘든 일을 하기 싫어하는 풍조 때문에 기존에 시설해놓은 양식장 관리마저도 제대로 이루어지지 않았다.

투석식 양식장

굴채취(70년대)

6. 간이 수하(垂下)식 굴양식

남해안 통영이나 여수 연안의 깊은 바다에서 하는 굴양식이 수하

간이수하식굴양식

굴채묘장

굴채묘장

걸대식굴양식

남해안수하식 굴양식장 전경

식이다. 수하식은 채묘장에서 굴이나 가리비 또는 홍합껍데기에 굴의 유생을 부착시켜 단련시킨 다음 본양성장으로 옮겨 육성을 시킨다. 채묘장을 설치해야 하고, 단련장과 육성장을 달리해야 하는 등 그 과정이 복잡하다. 또 깊은 바다에서 하는 작업이라 여기에 따른 장비 마련에 소요되는 자금도 만만찮다. 반면에 대규모시설이 가능하여 기업양식 어업자들이 주로 시설하고 있다.

간이 수하식도 기본 원리는 이와 같다. 간이 수하식은 그러나 깊은 바다에 시설하는 것이 아니라 물이 빠지는 갯벌에 시설하는 데다 그 규모가 작아 시설비가 크게 들지 않고 값비싼 장비도 필요치 않은 것이 수하식과 다른 점이다. 또 수하식이 시설 후 계속 바닷속에 잠겨 있는 것에 비해 간이 수하식은 밀물 때만 잠겨있고 썰물 때는 바깥으로 드러나는 것도 다르다.

따라서 수하식에 비해 플랑크톤의 섭취량이 적어 굴 알의 크기도 작다. 하지만 햇볕에 노출되는 시간이 길어 타우린과 아연 등 영양성분의 함량은 월등히 높고, 굴알이 단단하여 맛이 좋다. 간이수하식과 비슷한 방법으로 적당한 높이의 구조물을 만들어 수하연을 걸어놓는 걸대식 양식법도 있다.

7. 포장끈식 굴양식

포장끈식은 말 그대로 포장에 사용하는 밴딩
용 끈을 이용하는 양식법으로 서해안 태안반도
모래갯벌에서 많이 이용하는 굴 양식방법이다.

포장끈식 굴양식시설

간이수하식이나 수하식은 채묘장에서 채묘
를 한 다음 단련장을 거쳐 육성장으로 옮기는
과정을 거쳐야 하는데, 포장끈씩은 그런 번거
로움이 없다. 투석식처럼 한 번 시설해 놓으면
그 자리에서 채묘와 육성이 모두 이루어진다.
다만, 산란기에 굴의 유생이 많이 발생하는 지
역에 시설해야 한다는 점이 다르다.

양식장 전경

갯벌 바닥에서 45센티미터 높이로 1.5미터
간격으로 철주를 박고, 철주 사이에 굵은 로프
를 거미줄로 엮은 다음, 여기에 굴이 붙을 포장
끈을 20센티미터 간격에 50미터 길이로 엮어
놓는다.

포장끈(근접촬영)

파도의 영향을 덜 받도록 시설방향을 잘 정
하고 굴이 붙어 자라도 늘어지지 않게 단단하
게 묶는 것이 요령이다. 투석식 굴양식의 경우
뻘이 깊은 곳에는 시설이 불가능하지만 포장끈

단단한 모래밭에 시설한다(시설환경)

식은 어떤 조건의 갯벌에도 굴유생만 있다면 양식 시설이 가능하다.
또 시설비가 적게 들고 단위면적당 생산량이 클 뿐 아니라 채취과정
도 간단하여 관리가 매우 편리하다. 투석식의 경우, 굴밭에서 일일
이 조쇄로 굴껍데기를 조아야 하지만, 포장끈식은 필요한 만큼 끈만

타이어식 시설장면

잘라 오면 되기 때문이다.

8. 타이어식 굴양식

치패부착

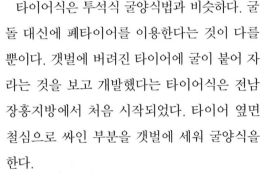

타이어식 양식장

굴채취

타이어식은 투석식 굴양식법과 비슷하다. 굴돌 대신에 폐타이어를 이용한다는 것이 다를 뿐이다. 갯벌에 버려진 타이어에 굴이 붙어 자라는 것을 보고 개발했다는 타이어식은 전남 장흥지방에서 처음 시작되었다. 타이어 옆면 철심으로 싸인 부분을 갯벌에 세워 굴양식을 한다.

타이어식은 무엇보다 폐타이어를 활용함으로써 환경 보호와 함께 시설비가 크게 들지 않는다는 것이 큰 장점이다. 돌보다 가벼워 운반이 용이하고 자재를 쉽게 구할 수 있다는 것도 장점 중 하나.

투석식이 혼합갯벌이나 모래갯벌 등 비교적 단단한 갯벌에 시설하는 것에 비해 타이어식은 펄이 깊은 갯벌에 주로 시설한다. 타이어의 일부를 펄 속에 묻어야 안정적으로 그 형태가 유지되기 때문이다. 타이어식은 다른 양식법에 비해 노출시간에 의한 시설 지역 선정을 잘해야 한다.

9. 수평망식 굴양식

　최근에 보급된 굴양식 방법이다.

　수평망식은 기존 연승수하식이나 투석식과 같은 재래식 굴 양식 방법에서 벗어난 신개념의 굴양식법이다. 이 양식방법은 부착된 망이 썰물 때 완전히 노출되어 굴의 육질에 타우린과 아연 등 영양성분의 함량이 월등히 높다. 또 굴에서 나오는 배설물의 분해가 빨라 양식시설 주변에 풍부한 생물상이 분포하는 친환경적 양식 방법이어서 더욱 관심을 끌고 있다.

　수평망식 굴양식은 갯벌에서 70센티미터 높이에 사각의 철근 구조물을 설치하고 그 위에 굴을 넣은 플라스틱 재질의 망을 수평으로 부착시켜 굴을 기른다. 구조물 아래 갯벌은 바지락 양식장으로 이용할 수 있어 어장의 입체적 활용도 가능하다.

　수평망식은 인공채묘로 생산한 굴을 치패로 사용하는데, 굴의 개체가 하나하나 분리된 개체굴이다. 한 번 시설해 놓으면 별다른 관리가 필요 없을 뿐 아니라, 채취도 아주 간편하다. 개체굴이어서 망

철근구조물 시설

수평망부착 작업

양식장 시설광경

개체굴 치패

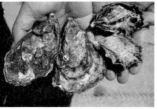
성패

을 열어 꺼내기만 하면 바로 상품이 되기 때문이다.

개체굴은 덩어리 굴보다 육질이 크고 맛도 뛰어나 상품성이 높다. 또 산란하지 않는 무정자 굴의 양식도 가능하여 계절에 관계없이 연중 식용할 수 있다는 것도 큰 장점이다. 한 여름 바다는 어한기에 속해 수산물의 생산량이 줄어든다. 수평망식 굴이 본격적으로 생산되면 여름철 바다를 찾는 관광객들에게 큰 인기를 끌 것으로 보여 국민건강 향상과 함께 어업인들의 소득증대에도 큰 몫을 할 것이다. 개체굴은 앞으로 해외 수출도 좋을 것으로 전망하고 있다.

10. 바닷모래 채취 중단으로 우리바다 보호

우리나라 서남해안 갯벌은 '바다의 우유', 굴 양식에 더없이 좋은 천혜의 장소다. 이 귀한 갯벌이 간척과 매립으로 사라져 가고 있다. 갯벌이 사라진다는 것은 그 정도 크기의 땅이 없어진다는 얘기와는 또 다른 의미를 갖는다. 여기에 더해 바닷모래 채취가 계속된다면 어족자원 서식지의 파괴는 물론, 주변 연안의 모래유실과 해안침식을 유발시켜 갯벌의 생태적 환경까지 변화시킬 것이다. 갯벌의 생태가 달라지면 그 주변 바다의 수산자원도 덩달아 영향을 받게 마련이다.

최근, 우리바다는 갖가지 어려움에 처해 있다. 지구온난화에 의한 해양생태계의 변화, 해적 생물의 발생과 유류피해 등으로 바다 자원은 날로 줄어들고 있는 것이 현실이다. 이제 더 이상 우리바다를 훼손하지 말아야 하며, 바닷모래 채취를 중단하여 남아있는 갯벌만이라도 우리는 더욱 소중하게 가꾸어 나가야 할 것이다. 바다는 우리에게 마지막 남은 식량 자원의 보고(寶庫)이기 때문이다.

제IV부

섬

간월도에서

고강 김준환

음력
스무 이튿 날 밤

열세매
썰물

점점 숨이 차고
나는 빈혈에 시달리는
바다를 보고 있었다.

스무 사흗날 밤

한 조금

오늘밤엔
바다가 보이지 않는다.
갈매기도 없다.

절벽 틈에 목숨을 건

해송(海松) 가지 끝에
식칼 같은 그믐달이

시방, 조금치 하느라
구름 속에 숨어 버리고

물마루 끝에 자맥질하던
암자(庵子)조차 안개비에 젖어
보이지 않아

바다를 잃어버린 나는
까닭 없이 또 하나 섬이 되어 버린
나의 여독(旅毒)

수렁 같은 봄밤을
맨발로 헤매던 모래벌에

고독의 무게로 남긴 깊은 발자국을
하나, 둘, 헤아리며

반라(半裸)의 목선(木船) 한 척과
내 안에 갇힌 섬 하나

먼 해조음에 귀 기울이며
처절썩 처절썩

파돗소리, 파돗소리를
기다리고 있었다.

비금도(飛禽島)

김동수

섬은 늘 깃 치는 소리로 떠 있다.

바다에서 돌아온 아이는
시퍼런 파도를 토한다

우리의 달은 어디에 있나요
빈 섬을 보채다
어둠 속에 안개처럼
몇 년이고 잠들지 못한 꿈

목선마다 하나 둘 불이 꺼지고
출렁일수록 가랑잎처럼
밀려만 가는
바람 탄 비금도에서

갈기갈기 헤진 일상을 투망질하던
아이들은
새벽이면 맨살로 바다로 간다

우우 또 한 차례
몰려왔다 포말(泡沫)지는
하얀 새떼들의 울음

호드득 호드득 갈매기되어
꿈에만 날아보던 하늘을 두고

섬은 늘 깃 치는 소리로
가난한 아이들의 울음을 건지고 있다

겨울 제부도의 아침

하순명

제부도에 와서 그의 소리를 듣는다

제부도의 겨울은
소금기 묻은 바람의 숨소리로 깊어간다

지난밤 갈기를 풀어헤친 흰 파도는
광활한 어둠속을 질주하는
한 마리 백마였다

고뇌하는
거친 말굽소리
헤아릴 수 없는 그 가슴팍에 감추고
투명한 얼굴로 눈을 뜨는
바다

서로가 서로에게 부딪치며 살아가는
일쯤은 아무 것도 아니라는 듯

겨울 제부도의 아침이
눈부시게 쏟아진다

여섬(餘島)

황두승

겨울을 보내기 위해 길을 걷는다.
주머니 속 조약돌 만지작거리며,
그대가 그리울 때면 길을 걷는다.
만대항을 등지고 당봉을 넘어 가마봉을 넘어
바닷가 솔밭 길을 걷는다.
바람소리보다 살가운 파도소리에
바다는 졸면서도 함께 길을 걷는다.
가슴팍으로 스며드는 솔내음은
저 멀리 사라지는 갯내음을 어여삐 여기고,
햇빛이 뿌려 놓은 은빛 물결은
잔잔한 물보라의 은빛 비늘을 어여삐 여기고,
들물에 둘러싸인 삼형제 바위는
농울을 껴안고 있는 무인도의 만남을 계시하고 있다.
섬으로 남기를 고집하는 그대와 처음 맞닥뜨릴 때,
뜻 모를 해후를 기약하는 풍토병을 앓듯,
나의 눈길은 절벽 아래로 떨군다.
사람의 발길이 닿으면 뭍으로
바다의 물길이 닿으면 섬으로
누가 그대를 섬으로 불러 주랴!

그대에게 다가갈 수도 있으나 아직 때가 아니다.
그믐날의 밀물이 가로막아
그대를 낳은 용난굴을 찾아 헤매었나니,
여섬, 그대를 바라만 보는 슬픔도 모두 지나가리라.
꾸지 백사장에 모닥불 피어놓고, 저녁놀 보내는 마음과 같아라.

사량도 지리산

황두승

지리망산에 올라
너를 그리워한다.
아무리 외쳐대도
너는 보이지 않고
바다만 고요하다.
모든 걸 잊게 하는
오, 눈부신 한려수도여!

옥녀봉에 올라
거슬리는 전설을 떨쳐 버리듯
읊조리는 가락에는
뜻 모를 서글픔만 가득
너는 보이지 않고
우거진 수풀 사이로
산딸기만 붉게 익어가고 있었다.
속절없이……

이제 떠나야 한다는
뱃고동소리 높아 가는데

대항의 시원한 바닷바람이 날리는
소주야
푸른 유리병 속에 있으나
그리움에 애끓는
이 마음속에 있으나
무슨 상관이랴!

나의 독도는

고강 김준환

비바람 몰아쳐
파도라도 높아지면
영 잠겨 버릴까봐

한 마리 등 푸른 거북이 되어
동해 용궁 깊숙이
숨어 버릴까봐

늘
내 시선의 칼날 위에
가만 붙박이 살점이 되어
끝없이 뜨잠김하는 너는

안압지 푸른 심연에
총총히 쏟아져 내린 별들을
동이째 퍼 마시다가

신라 적 석탈해왕
잠결에 몰래 누었다가
역모를 꿈꾸다가

감은사(感恩寺)
불당마루 밑에 숨어 살다

석가래 만한 꽃뱀에게
뒤꿈치 물려 부랑(浮浪)하다가

밤마다
첨성대 정수리에 올라앉아
천기를 누설하다가

이차돈의 목을 베던
회자수(劊子手)의 시퍼런 칼날 위에 올라
덩실덩실 춤을 추다가

저 핏빛 천수(千手)를 흔들며 일어나
장엄한 아침 해를 끌어안은
견고한 가슴팍이다가

천만년 비바람에
파도가 몰아쳐 깎아 다듬는
저 반골(叛骨)의 기개(氣槪)여
내 자존(自尊)의 석등잔(石燈盞)이여
미려혈(尾閭穴)의 수호신이여!

---

*미려혈(尾閭穴) : 전설에 의하면 동해 한 가운데에 바닷물을 빨아들이는 구멍이 있다 함. (우주의 블랙홀과 같다.)

바다와 시인

항해, 그 모국어의 속살

엄창섭

책(冊)의 그늘은 넓고 크지만 격랑의 한 때, 해법이 선명하지 않은 영어몰입교육정책의 늪으로 침몰하던 허망함에 '예술에는 국경이 없지만 예술가에게는 조국이 있다'는 항변은 너무 퇴색해 창백하다. 절망의 끝이 보이지 않는 불안한 시간대 '모국어는 안녕한가?' 모래톱 씻겨난 적막한 겨울해변에 어설픈 담론(談論)은 공허하다.

피가 뜨거운 젊은 날의 청춘만큼 아직은 장엄한 태양이 황홀한 시간, 모국어의 속살 각인(刻印)시킨 『등대지기』를 읽으면 충격이다. 잠시 미끄러짐으로 침몰(沈沒)을 경계하다 피곤한 너와의 항해 멈추고 낯선 포구에 닻을 내리면, TV의 채널 끄고 삶의 일상에 역풍 가르는 파도처럼 푸르게 다가서는 스카빈스키의 독백. "아, 지금 그 모국어가 홀로 나에게로 왔다. 너무도 아름다운 그것이!"

아, 투명한 눈물처럼 빛나는 기억의 편린(片鱗), 그렇다. "한 민족이 노예로 전락했을 때 언어만을 지키고 있다면 감옥의 열쇠를 쥐고 있는 것과 마찬가지" 알퐁스 도데의 역설이다. 이 땅의 언어정책을 숨죽여 응시할밖에 없던 어제의 정신풍경에 저토록 살 저미는 푸른 파도의 날(刃)은 섬뜩한데 하얗게 지새운 밤의 고뇌, 미세혈관이 막혀 대륙의 심장은 저려오고.

국어는 결단코 민족의 혼이요, 역사며 문화이기에, 네가 이 땅의 자존감 빛나는 시인이라면, 미래의 꿈인 우리의 아이들이 민족의 정체성 상실한 채 격랑(激浪)에 떠밀리어 아득한 유년의 모래톱이 허망하게 침식(侵蝕)되는 정신적 공황에 침몰하지 않도록 활활 국어의 혼불, 깃발처럼 핏 멍든 두 손으로 흔들어야 한다.

수족관

이효녕

하얀 구름 아래
수평선 끝이 보이지 않는
머나먼 바다 건너서
물고기 몇 마리 수족관으로 오면서
낯선 세상에서 바다는 얼마나 그리운가
물 위에 뜬 눈 부신 횟집불빛
마음조차 소용돌이 치게 하더니
마지막 바닷물 토해내는
해변 고운 모래를 밟고
물고기 우는 소리 들으려고
나도 모르게 물고기로 떠돈다
가도 가도 길이 없는 수족관 안
물고기들은 이미 그리움을 앓고 있다
오 그리운 파도소리여
파도소리여.

님의 추억

도혜 김혜진

어디서부터 달려 오는 걸까
검푸른 벌판 넘나들며
하얀 파도는 숨바꼭질하고

끼룩끼룩 슬픈 노랫소리
듣자하니 처량도 하여라
임의 목소리려나 귀 기울인다

사연 많은 모래품에 안겨
들리는 노래 자장가 삼아
하늘을 덮고 누웠다

넓은 벌판 어디에 계실라나
말없이 떠난 임이시여
못 다한 얘기 텅 빈집에 메아리친다.

인도양의 모래 섬 -코리아, 서울

이유진

이베리아 반도의 하늘 빛[1] 바다
동양의 진주[2]덮개를 떼어내고
수만 길 깊은 곳에 심지를 박아
영원의 어느 순간 솟아오른 모래섬

바다는 끝없는 빛의 유희에 너울거리다가
먹구름이 천둥번개 거느리고 수평선을 넘어오면
 바다가 파도의 고리를 물고 모래섬을 두들겨 패어
본시 하나이던 것이 크고 작은 두 섬이 되고

그 섬에서 세월은 달렸네

울창한 열대 수목들은 구름 향해 치솟고
섬이 활활 타오를 때나
부서져 내리는 빗살과 폭풍이 노해 울부짖을 때도
이미 신화가 되어버린 코리아 섬, 서울 섬은[3]

설악산 단풍 구경을 꿈꾸는
페낭 사람들이 오고 가는

아름다운 페낭대교[4]를 바라보며
옛 사람[5] 추억하고 있네.

---

1) 세상에서 가장 아름다운 셋 중 하나, 인도양의 바닷빛, 히말라야의 흰 눈
2) 인도양의 별칭
3) 페낭대교 교각을 세우면서 파낸 모래를 다리 서쪽 바다에 버렸는데 조류가 두 개의 섬으로 갈랐음. 한국의 현대건설이 다리를 완공하자 이를 기념하기 위해 말레지아 정부가 큰 섬은 코리아, 작은 섬은 서울이라 명명함.
4) 페낭대교는 13.5Km로 말레지아 본토와 페낭섬을 잇는 서장교. 다리 완공 전까지 인구 20여만 명이었으나 현재 152만여 명. 1982~85년 현대건설이 건설했음. 입찰경쟁이 치열해 최저입찰가로 수주, 적자건설을 각오한 난공사였으나 공기를 앞당겨 적자를 면하고 보너스까지 받았음. 그 해 세계최고의 건축상을 받은 세계에서 제일 긴 다리 셋 가운데 하나.
5) 정주영 회장 (다리 상판을 현지에서 구하기 어렵자 한국에서 만들어 3천 개의 배로 실어 나르게 함)

바다의 메르헨과 시인

- 이생진 시인의『맹골도』에 부쳐

심종숙

태초에 바다는 궁창에서 비롯되어 하나는 하늘 바다와 하나는 하늘 밑의 바다로 나눠졌고, 그 중에 물이 몰려가고 드러난 곳은 땅이라 하였다. 이 궁창의 물이 바다와 하늘이 되었다는 의미다. 바다는 이렇게 생명의 시원이었다. 하느님이 이 세계를 지으실 때 처음으로 만들어낸 가장 멋진 창조물인 셈이다. 그 안에 갖가지 생명이 우글거리고 인간으로 하여 그것을 다스리게 하셨다 한다. 이것이 창조 설화의 내용이다. 하늘과 바다와 땅으로 이루어진 이 세계는 인간과 동식물이 함께 기거하는 곳이다. 이 커다란 우주의 집 안에서 함께 살아가고 있다. 생명의 힘찬 노래를 부르고 그것을 찬미하고 절망과 고통으로 가득찬 인간세계는 이 거룩한 생명의 찬가를 듣거나 그 힘을 부여 받지 않으면 힘을 잃는다. 물론, 불교에서 말하듯이 인간과 동식물, 이 우주가 생멸을 거듭하는 것이 이치이겠지만 태어나는 것도 죽어가는 것도 모두 다 아름다움은 바로 이 우주의 이치에 의해 운행되는 것이기에 경이로움으로 바라볼 뿐이다. 바다는 이렇게 우리 인간의 삶과 밀접한 관계를 지니고 있다. 그런데 최근에 이런 바다에서 무슨 일이 일어나고 있는가? 세월호 사건과 바닷모래 채취,

이 두 가지는 사람과 바다 생명을 앗아가는 무서운 재앙이 되고 있다.

이생진 시인은 서해의 바닷가에서 태어났다. 서산이란 곳이다. 그 소년이 이제 90의 노인이 되었다. 하늘과 바다를 잘라놓은 듯한 수평선에서 떠오르는 붉은 아침의 활기차며 싱싱한 태양과 한낮에 바다 위를 비추는 저 멀리 있는 태양은 또 저녁이 되면 언제 떨어질 줄도 모르게 황금빛으로 번쩍이며 수평선 너머로 숨어 버린다. 태양이 물어온 이 황금빛의 금사는 소년의 여리며 섬세한 마음의 결에 닿아 가슴 가득 시의 열정을 품게 하였고, 그의 머리에는 시의 영감이 저녁의 미풍에 따라 결 곱게 일렁였다. 시인이 품은 이 바다의 메르헨은 새벽이나 저녁이면 만선으로 들어오는 선창의 고깃배들과 미역을 따거나 해초를 말리느라 바쁘게 손을 놀리는 아낙네들의 일상 공간이었다. 이생진 시인은 그런 환경에서 자라서 바다가 멀어진 곳으로 나오면서 그가 두고온 자신의 메르헨을 잊을 수 없기에 일생동안 그는 바다와 섬을 찾아 다녔다. 그는 왜 그렇게 섬을 찾아 다녔나? 그 바다와 섬은 시인 자신이다. 그것은 두고 온 자신의 메르헨이며 출생지, 어미의 품이며 돌아가야 할 곳이었다. 또 많은 이들의 기억 속에서 사라져가거나 존재조차 알지 못하는 섬들을 알게 하고 싶은 마음이 있었다. 시인이 찾아간 섬은 곧 시인의 친구가 되고 일상이 되고 처음 만난 여인이 되거나 격이 없이도 서로 따뜻하게 대화하는 마실의 아주머니였다. 그가 찾아가서 불러주고 시의 제목으로 삼는 섬들은 그의 다정한 친구가 되거나 새로 사귄 친구가 되기도 하고 섬인 그쪽은 언제나 여인처럼 시인의 방문을 기다린다. 시인은 이불을 덮고 잠자리에 누워도 어느 섬이 등대 불을 켜 두고 그가 오길 손꼽아 기다리는 사춘기 소녀 같거나 그의 드문 발걸음에 기다림에 지처 처연하게 파도소리만 귀에 적시는 밤잠 없는 여인이 되기도 한다. 그는 잠자리에서도 어느 어여쁜 미망인 같은 애초로운 섬을 잊지 못한다. 이러다가 설핏 잠이 들어 꿈결에 그는 이 섬을 걸어다니는 것이다. 섬이라는 여인과 손을 잡고 그 여인의 오두막에 들어간다. 그의 시는 우리에게 잊혀지거나 알지 못하는 섬들과 섬을 감싸고 있는 바다를 기억하게 해준다. 그러나 이번 시집 『맹골도』는 엄밀히 말해 세월호 희생자들을 위해 바치는 헌사라 해야 할 것이다. 생명의 근원으로서의 바다에서 인재로 인한 피해를 입은 이들의 원혼을 달래기 위한 진혼곡이다. 세월호 이후의 그의 불안한 심경을 머리말에서 밝히고 있다.

섬을 떠돌며 시를 써온 터라 섬 소리만 들어도 토끼 귀가 되는 버릇이 생겼는데, 세월호 침몰 후에는 떠 있는 섬들이 모두 가라 앉을 것 같아 불안하다.

맹골도로 가는 길이 더 거칠게 일렁이고, 안개가 더 두꺼워 보인다. 아니 꿈까지도 안갯속으로 사라지는 기분이다. 1년, 2년, 3년, 4년 이렇게 물속으로 가라앉는 슬픔, 슬픔이 녹슬고 눈동자가 흙탕물에 잠긴다.

언제쯤 수평선이 회복될까.

어쩌면, 그에게 바다는 세월호 이전으로 돌아가기 어려울 것 같다. 그러면서도 그는 수평선이 회복되기를 바란다. 그는 끝없이 섬을 찾아다니면서 일기를 쓴다. 시집의 목차를 열어 보아도 알 수 있다. 일기가 시가 되고 시가 일기가 되는 그의 시집은 몰래 간직한 마음의 비밀을 일기로 쓰고 그것이 시로 변하여 갔음을 알 수 있다. 그는 자신의 바다에 대한 불안감을 일기라는 형식을 빌어 자신의 느낌을 간직하고 싶었다. 그러나 한 권의 시집으로 나오면 일기는 공개된다.
그는 세월호 이후의 불안한 심경을 이 시집에 담고 있다.

　　비가 온다
　　겨울비다

　　팽목항에서 배를 탔다
　　타고 보니 빈 배다
　　새마을호 낡은 배
　　하조도(下鳥島)까지 45분

　　빈 배에 기계 소리 요란하다
　　물안개 속으로 달아난 기계 소리가
　　돌아오지 않는다
　　불안하다
　　갈매기 한 마리 기웃거리지 않는다
　　안개가 두껍다

　　누가
　　거긴 왜 가느냐고 물을까
　　두렵다
　　　－「일기장 1」 1989년 1월 8일 전문

　　시인은 세월호와 더불어 바다에 가라앉아 잠든 이들을 만나기 위
해 진도의 이름도 생소한 상조도, 하조도, 방아섬, 독거도, 서거차도,

동거차도, 맹골도까지 찾아간 것이다. 이런 낯선 섬들을 찾아가면 그에게 시는 태어난다. 시를 태어나게 하기 위해서 섬을 가던가 아니면 섬을 찾아가니 시가 태어나던가 어느 쪽이어도 좋다. 그는 발길 닿는 대로 섬을 찾아가고 그 섬의 인상들을 시로 남긴다. 이렇게 태어난 시는 그에게 한 여인이다.

> 시를 쓰다가 사르르 잠들면
> 그 때 꿈에서 다른 시를 만난다
> 봄이 오고
> 꽃이 피고
> 나비가 날고
> 아주 이상적인 풍경이다
> 그 꽃밭에서
> 꽃 같은 여인이 꽃가루 바르고 내게로 온다
> 그 얼굴을 내 얼굴에 비빈다
> 아마 그 여인도 시를 쓰다가 온 모양이다
> 나는 그 여인을 놓칠세라 옷소매를 잡는다
> 놓치면 울 것 같은 그런 여인이
> 시에서 꿈으로 꿈에서 시로
> 그렇게 온 여인의 임자가 나라는 거
> 실감이 안돼
> 꿈을 긁어보고 꼬집어본다
> 절대로 모조가 아니다
> 아니 실물보다 더 실물이다
> 꿈과 시의 실리(實利)가 거기에 있다

그 꿈에서 깨지 않으려고 발버둥친다
내가 시밖에 모르듯 그녀는 나밖에 모른다
- 「시쓰다 잠들며」 부분

시는 이생진 시인에게 한 여인이다. 그 한 여인은 다른 시로서 꿈 속에서 만난다. 시는 시인에게 깨고 싶지 않은 꿈 속에 만난 여인이기 때문에 그는 시밖에 모른다고 하였다. 이 환상과 같은 꿈 속에서 시는 영원히 그에게 남아주는 여인이 되고 꿈 속의 다른 시인 여인은 꿈을 깨면 사라지고 만다. 그가 만난 섬들은 하나 하나가 시가 되듯이 꿈 속에 만나는 다른 시로서 다른 여인이 된다. 그런데 그가 들려주는 이 섬들은 결코 꿈 속의 여인처럼 아름다움에 그치지 않는다. 우리는 그의 시를 통해서 섬의 현실을 눈앞에서 본다. 그가 우리들에게 들려주는 섬의 이야기들은 우리들에게 충격을 준다고 해야 할 것이다. 그가 만나고 직면한 섬들의 현실은 너무나 절박하다. 아이들이 존재하지 않거나 두 명의 아이들을 데리고 수업하는 관매분교의 선생님과 아이들, 아예 사람이 살지 않거나 다들 떠나고 겨우 늙은 노인이 혼자 살아가는 섬 등이다.

중학교가 초등학교에 세들어 산다
그 학교 6년 다니고 방 하나 얻어 사는
아이들의 심정은 어떨까
하지만 아무에게도 묻지 않았다
그 학교 곽 선생이 부두에 나왔기에
우회적으로 팽목에 가느냐고만 물었다
그렇다고 하며 날 보고 어딜가느냐고 묻는다

서거차를 거쳐 맹골도로 간다 했더니

놀란 표정으로 거긴 왜 가느냐고

특별히 아는 사람이라도 있느냐 묻는다

그저 가고 싶어서 간다고 했더니

거긴 바람뿐인데 하며 맥없이 날 쳐다본다

몇 년 전에 여서도 갈 때

청산도에서 만난 아줌마 대답도 그랬다

그런데 그 후

여서도를 못 잊어 세 번이나 더 갔다

아마 맹골도도 그럴 거 같다

시 쓰다 보면

시가 정을 더해주니까

－「관매분교장」 2001년 5월 4일 전문

　시인이 찾아간 섬들은 시로 태어나고 우리는 알지 못했던 섬들을
알게 된다. 시인은 그 섬에 가면서 시를 쓰고 한 편의 그의 시가 섬을
위한 시가 되면 그는 그 섬에 정이 든다. 그래서 그는 그 섬을 잊지
못하고 재차 다녀가게 된다. 설사 거기에 인간이 살지 않고 휑하니
바람만 불지언정 섬은 시로 태어나기에 시를 만나러 그는 이 외롭고
고되며 불안하거나 낯선 이 길을 마다 않고 수행하는 마음으로 달려
가는 것이다. 섬을 행각(行脚)하는 그는 구도자가 된다. 외로움과 외
로움이 만나는 곳, 자기 자신과 마주하여 직면하는 곳, 거기에서 시
가 태어나기에 그는 그렇게 시와 섬과 섬에서 만난 사람들과 인연을
맺어 나갔다. 섬 여행은 그에게 수행이며 그 수행에 특별한 것을 기
대하지도 않으려니와 그냥 마음이 가는 대로 그만의 메르헨을 찾아

쉼 없이 떠난 기록이 바로 시집 『맹골도』이다.

> 남화다방은 다방이라기보다 사랑방이다
> 아니 무인 커피 판매방
> 맑은 날 벌레 소리 하나 없을 때
> 다방에 손님도 없고 주인도 없다
> 주인은 선착장 시멘트 바닥에 해초를 말리고
> 손님들은 모두 아침 배로 떠나
> 나만 쇠파리처럼 남았다
>
> 목로엔 가스레인지와 주전자
> 커피통과 설탕 그릇, 스푼에 찻잔
> 끓이는 이도 없고 마시는 이도 없다
> 카운터엔 덜렁 올라온 소형금고
> 누구든 커피를 끓여 마시고
> 오백 원을 넣으라는 손가락이 그려져 있다
> 마시지 않고 의자에 앉아
> 창밖으로 바다와 배와 등대를 보다가
> 그대로 나가도 눈 흘길 사람이 없다(중략)
>
> 지금은 여름 한낮
> 나는 뜨거운 의자에서 일어나 부둣가로 간다
> 정말 사람 구경하기 힘들다
> –「서거차도 다방」 부분

시인이 데려가주는 곳은 어디인가? 여기는 정말 우리들의 의식 속에서 존재하는 곳인가 하는 의구심마저 든다. 스타벅스 같은 대형 커피 체인점들의 화려하고 이국적이며, 제3세계의 커피농장에서 일하는 노동자의 얼굴이 카피된 대형 브로마이드가 벽에 설치된 도시의 커피숍에서 이어폰을 꽂고 음악을 들으며 책을 보거나 커피를 두고 대화하는 젊은이들에게 대한민국의 어느 땅에 이런 곳이 있을까 생각하게 할 서거차도. 어느 때는 제비가 날아들어 왔다가 한 바퀴 선회하며 나가고 잠자리가 카운터 스푼 끝에 앉아 낮잠을 조는 서거차도의 남화다방은 시간을 거슬러 올라가게 하거나 과거의 공간으로 독자들을 데려가고도 남는다. 바닷가의 이름 없는 작은 다방과 해초를 부지런히 말리는 주인의 일상과 풍물의 공간으로 안내한다. 사람들로 붐비는 도시의 거리와 달리 사람 구경하기 힘든 낯설지만 끌리는 그곳으로 데리고 가는 것이다. 시인은 섬의 안내자이다. 이쯤에 오면 그에게 섬은 잊어버린 존재들을 기억하게 하는 하나의 아이콘이 된다. 바삐 살아오면서 잊었던 추억들, 했어야 했지만 미처 하지 못하고 살아버린 채 미루어 두었던 어떤 것을 꺼내보고 정리해 두는 것일 게다. 그래서 시인은 "여기까지 오니/날 보고 어디 가느냐고 묻는 사람이 없다/나는 늘 신문(訊問)에 불안하다/후견인도 없이 여기쯤에서 나는/그저 고아일 뿐이다(「맹골도 5」-수달의 고독)라고 고아의식을 지닌 자신의 모습을 드러낸다. 그 고요한 섬에서 살아있는 것이 주인이듯이-"그래/꽃만한 얼굴도 없지/빈집 마당에 노란 금잔화/네가 그 집 주인이다"-시인은 홀로 자기 자신과 마주한다. 그가 굳이 이 길을 선택하는 이유는 바로 여기에 있다. 온전한 고아는 여기에서 온전한 수행자가 된다. 그는 온전한 수행자가 된다. 시를 얻기 위해서 그는 스스로 이 온전한 고아의 길을 택했다고 해야 할 것이다. 그만이 가본 그 길에 존재했던 모든 것들을 그는 우리한테 들려준다. 그가 들려주는 한국적인 이 메르헨은 결코 추억만으로 가닿는 것이 아니라 현실의 요소들과 접합된다.

눈물이 난다
바다 앞에 서면
배 타는 기쁨에 가슴이 설레는데
오늘은 눈물이 난다

진도 팽목항
이 항구에서
동거차
서거차
맹골도로 갈 적에는
눈물을 흘리지 않았는데
오늘은 눈물이 난다

돌아오라는 염원이 담긴
노란 리본을 달고
붉은 등대 앞세워 바다 끝까지 가는데
가벼운 소리 내며 따라올 것 같은
너의 운동화와
너의 목소리를 끌어내던 기타 줄이
내 발걸음을 멈추게 한다만
너는 돌아오지 않고

눈물만 난다

배낭에 집어넣으며 기뻐하던 초코파이랑
컵라면만 바닷물에 떠 있고
돌아오지 않는 너는
지금 어디 있니

극락왕생을 밝히던 호롱불도 꺼지고
누구나 들어와 기도하라던
기도실도 자물쇠가 채워져
빈 천막이 하나 둘 걷히면
찔레꽃 흰 슬픔이 소나무에 매달려 우는데
너는 지금 어디 있니

- 「너는 지금 어디 있니」
- 세월호 침몰에서 돌아오지 않은 학생에게 전문

　세월호의 희생자들이 거대한 배의 배 안에서 기다리라는 말만 믿
고 있다가 죽어갔다. 아무도 책임지지 않고 모두들 티브이 앞에서
어어 하며 안타까워 하는 사이에 바닷물이 덮치고 배와 함께 가라앉
았다. 이 처참한 현실에 시인은 그들의 죽음을 둘러싸고 여러 가지
에피소드를 시의 소재로 하면서 조사를 읊는다. 그 누구도 책임 지
지 않고 구해보려고도 하지 않고 버려진 아이들처럼 그렇게 가라앉
은 아이들, 너희들은 지금 어디에 있니, 사월의 대기 속에 이들의 원
혼이 진도 팽목항 인근 맹골 수역 부근에 떠돌고, 그들을 위한 진혼

의 노래를 시인은 찔레꽃 흰 슬픔으로 바친다. 찔레꽃 희디 흰 꽃 무더기처럼 슬픔의 흰 상복을 입고 시인은 울고 운다. 이렇게 처절한 바다의 비극을 시인은 그 현장을 찾아가면서 봄의 소쩍새처럼 죽은 이들이 안타깝고 그리워 처절하게 운다. 그러나 시인은 희망을 버리지 않는다. 이 모든 어려움과 고통을 극복하고 자연을 즐기며 유유자적하고 거기에 순응하는 초연해진 인간의 삶을 꿈꾼다.

봄은 가볍다
아지랑이처럼 가볍다가
나비처럼 날아간다
그렇게 가볍게 끌려가다가
아파트 보도블록 틈새로 기어들어
노란 민들레 되고
산등성이에서 게으른 기지개 켜다가
비탈에 진달래 사태 나
산에는 진달래
들에는 냉이 씀바귀
호미라도 들고 와 흔한 냉이 캐고 싶다
겨우내 꿈에도 없던 것들이 한꺼번에 기어 나오니
이것처럼 살자고 내가 나를 끌어간다
누가 내 얼굴에 똥물을 끼얹는다 해도
청보리처럼 활짝 웃을 것 같다
끝까지 살다 끝까지 가자
보리 패고 나면 다음은 장작 패는 겨울
아무리 오래 살아도

그건 잠깐이다

　－「봄에 생기는 가벼운 생각」 전문

　세월호 사고가 한 순간에 일어났고 거기에서 죽은 이들이 순간
에 죽어갔듯이 인간의 삶은 한 순간에 지나지 않는다. 우주의 무한
한 시간에 비교하자면 얼마나 보잘 것 없는 시간을 우리는 살다가겠
는가만 이들의 다 살지 못한 시간과 꿈을 시인은 안타까워한다. 그
러나 이러한 인간사 고통도 초월하면서 그저 잠깐의 삶을 시를 향한
열정으로 살아가고자 한다. 그가 세월호와 관련된 여러 가지 슬픈
에피소드를 시로 표현하면서 그 고통에 동참하고 함께 울었던 것은
고통을 나누려는 시인의 의식이라고 여겨진다. 시인의 나이 90대에
들어서 너무 오래 살았다며, 자기 생을 다 살지 못하고 죽은 단원고
학생들의 꿈과 짧은 삶을 생각하면서 너무 오래 살았다고 자책한 시
인, 이 부분에서 가슴이 아린다. 시업을 하면서 오래 산 영감을 지닌
시인의 삶마저도 오래 살았구나 하면서 자책해야 할 정도로 세월호
는 우리 모두에게 공죄감을 안겨 주었다. 그들을 살리지 못한 죄는
공죄이며 또한 공분이다. 젊은 시절 교편을 잡고 성실하게 학생들을
가르쳐온 그로서는 같은 교사들의 죽음이나 학생들의 짧은 생애는
퇴직 교사인 그에게 얼마나 더 공감이 되었을 것이며 너무 오래 살
았다고 자책하기에 이른 것이다. 시집을 34권이나 내고 지금도 왕성
하게 현장을 찾아다니며 소통과 공감하는 그의 시들은 아직도 살아
서 싱싱한데 그는 오래 산 것을 자책한다. 그것은 세월호 사건이 그
에게 준 영향은 이렇게도 지대했다는 의미일 것이며, 그러면서 그는
이 모든 상황을 극복하고자 한다. '아무리 오래 살아도/그건 잠깐이
다'라고 하듯이 잠깐인 인생이다. 그래서 노시인의 혜안 가득한 시선

은 미래의 꽃씨에 가 닿는다. 그에게 꽃씨는 하나의 새로운 미래이
며 극악한 현실을 딛고 일어서는 희망이다.

     꽃씨를 말린다

     꽃씨는 미래다

     꽃씨를 말리며 미래를 만진다

     꽃씨에게 봄이 오고

     싹이 트고

     꽃이 피는 미래

     나는 멈춰도

     꽃씨는 멈추지 않는다

     그러나 조건이 있다

     흙이 있고

     그 씨를 심어주는

     손이 있어야 한다

     그 손을 생각한다

     그 손은 꽃처럼 예쁘다

     생명을 가진 손이 아름답다

     그 손을 만지고 싶다

     내일을 만지고 싶다

     －「꽃씨」 전문

그는 이 시에서 생명과 생명의 손을 찬미한다. 죽음의 세계가 아니

라 그러한 죽음의 세계를 극복한 생명의 손을 만지고 싶어하며 그것
은 내일이며 미래이다. 설사, 순간을 사는 인간은 멈출지언정 꽃씨
는 꽃을 피우는 것을 멈추지 않는다. 대자연의 생명력은 여기에 있
다. 인재로 인해 사람들과 세월호가 함께 가라앉은 인간의 비극이나
바닷모래의 무분별한 채취로 바다가 죽어가는 이 현실은 모두 죽음
의 세계이다. 바다 속에 있는 모래들을 채취하면서 바다의 생명체들
을 커다랗고 긴 죽음의 관으로 쓸어넣어 바다 밑에 큰 동공을 만들
어 생명들이 살지 못하게 하면서 오물들이 쌓이는 이 현실은 끊임없
는 욕망들 때문이다. 시인의 자연과 우주의 이치에 순응하면서 끊임
없이 우주적 생명으로부터 영감을 얻는 그의 시정신은 이 욕망들을
부끄럽게 한다. 세월호가 부조리한 가운데 죽음의 출발을 하였듯이
바닷모래의 무분별한 채취 역시 바다를 삶의 터전으로 삼고 살아가
는 이들과 바다 생명체들을 죽음의 세계로 이끌고 있다. 인간의 집
을 짓기 위하여 물고기들의 집을 부수고 모래만이 아니라 튜브 속으
로 빨려 들어가 죽게 하는 이 현실은 인간의 과잉 욕망이 불러낸 무
서운 재앙이다. 세월호와 바닷모래의 무분별한 채취는 동일 선상에
있으며 우리는 이 욕망의 질주를 막아야함을 이생진 시인의『맹골
도』를 통하여 경각심을 갖게 된다. 시인은 이 시집에서 그가 어릴 적
경험했던 바다와 그 관련 물상들과 일상들이 주는 시적 메르헨을 회
복하길 꿈꾸고 그것을 꿈꾸는 한 그의 섬 여정과 수행은 계속될 것
이다.

한국해양 아동문학의 방향

김관식

Ⅰ. 들어가는 말

우리나라는 반도국가다. 옛날부터 바다와 경계하지 않는 지역은 문명이 발전할 수 없었다. 세계4대문명의 발상지도 모두 바다와 밀접한 관련 하에 문명이 발전했다는 사실만 하더라도 바다는 인류문명사에 해양교통로서의 중요한 역할을 해왔고, 많은 영향을 끼쳐왔다. 지구표면의 71%가 바다라는 사실은 바다를 정복하지 않고서는 나라와 나라 사이의 원활한 교류가 이루어질 수 없다는 사실을 그대로 보여준다고 할 수 있다.

이탈리아 반도에서 로마제국이 세계를 통일한 것도 바다를 점령했기 때문이며, 일찍이 세계 강대국으로 부상된 나라들은 바다를 정복한 나라들이었다. 대영제국이 바다를 마음대로 다스릴 수 있는 섬나라였다는 점에서 세계 각국과 교역의 유리한 지정학적인 위치에 있었고, 일본이 대륙 침략의 꿈을 꾸었던 것도 바로 바다를 정복했기 때문이다. 바다를 정복하지 않고서는 대륙으로 진출하거나 다른 나라와의 관계를 맺을 수 없기 때문이다. 포르투갈, 스페인, 프랑스, 독일

등이 모두 바다를 끼고 있어 강대국으로 부상할 수 있었다.

해상교통로의 확보는 국가의 생존권 수호를 위한 연결통로이며, 군사목적의 수행, 해양자원의 보호와 개발, 경제적 교류를 위한 무역로 등으로 오랜 옛날부터 세계 각국이 해양에 대해 지대한 관심의 대상이 되어왔다.

따라서 바다와 문학은 인류가 바다와 맺어진 인연만큼 불가분한 관계에 놓여 있어 그리스 시대 호머의 대서사시 『오디세이』가 바로 해양민족으로서 트로이아 전쟁 영웅 오디세우스의 10년간에 걸친 귀향 모험담으로 담은 해양문학 작품이 나오기도 했다. 또한 그리스의 신화 아르고 원정대는 그리스인의 해양 탐험과 끊임없는 해양 개척 정신을 보여주는 해양문학이다.

육지에서 대제국을 건설한 칭기즈칸은 유목민이었기에 말을 이용한 민첩한 육상 활동으로 대제국을 건설하였으나 멸망하고 말았다. 농경사회와 유목사회는 고립된 사회였고, 대제국은 유목민의 재빠른 활동에 의해서 가능했다. 이러한 고립된 문명권들이 15세기 이후 해상활동을 통한 교역의 증대는 상호간의 부 축적의 원동력이 되었다. 각 문명권들이 해상 팽창을 시도하여 활발한 해상교류활동이 바다를 통해 이루어지면서 전 세계는 네트워크가 형성되기에 이르렀다.

인류의 역사는 해양을 효과적으로 이용한 국가가 역사의 흐름을 주도하면서 번영을 구사할 수도 있었고, 그렇지 못했던 국가는 역사의 뒤편에서 암울한 시기를 보내야 했다. 이런 의미에서 해양에 대한 지배권은 곧 역사의 주도권 확보라는 의미가 될 수 있다. 역사의 주도권 확보에 따라서 해양교통로의 중심축도 찬란한 인류 문명을 꽃피운 지중해를 거쳐 대서양으로 확대되고 태평양으로 옮겨오고 있다.[1]

---

1) 요미우리신문사, 『병기최첨단 전8권』, 권재상 역, 『대양함대』, 7권, 이성과 현실사, 1993. p.12.

세계는 해상권의 각축전으로 19세기 유럽을 중심으로 한 전 지구의 지배력을 행사하는 제국주의 시대가 열렸고, 근대국가는 강대국들의 약소국에 대한 지배력 행사로 '폭력의 세계화'가 이루어졌고, 여전히 강대국을 중심으로 한 영향력 밑에 세계의 질서가 평형을 이루어져가고 있으며, 이러한 질서의 근저에는 종교적인 대립과 갈등, 상호 국가 간의 이해관계가 얽혀져 있다.

　근대의 국가 간의 폭력을 배경으로 귀금속의 세계 유통, 노예무역의 성행, 생물학적인 교환, 환경파괴와 전염병의 세계화, 기독교의 전파, 문화교류가 이루어졌다.

　문학에서 이러한 세계문화사의 흐름을 반영한 문학작품들이 세계명작으로 지금까지도 독자들의 사랑을 받고 있으나 문학작품의 이면에는 강대국의 지배이데올로기의 정당성과 당시 사회상과 생활상이 반영되어 독자가 의식하지 못한 채 지배문화의 정당성을 재생산하고 있다.

　어릴 때부터 문학작품을 통한 강대국 지배이데올로기의 정당성이라는 문화재생산의 목적성을 숨긴 채 세계명작의 대열에 많은 아동문학작품이 끼일 수 있는 것은 아동문학에 대한 지대한 파급효과와 영향력이 숨어있기 때문이다. 또한 이러한 시대를 반영한 아동문학작품에 해양을 배경으로 한 작품이 명작으로 선정되었는데,『걸리버 여행기』의 섬나라 배경, SF 해양 대서사시『해저 2만리』,『보물섬』,『허클베리 핀의 모험』,『인어공주』,『로빈슨 크루소』,『난파선』,『15소년 표류기』,『톰 아저씨의 오두막』 등이 직간접적으로 해양진출의 시대적 사회상을 반영하고 있다.

　우리나라의 경우도 예외일 수는 없다. 사회체제의 존속과 사회문화적인 배경을 바탕으로 바다에 대한 관심과 꿈을 반영한 전래동화

는『홍길동전』의 율도국,『별주부전』,『심청전』,『소금 나오는 맷돌』,
『연오랑과 세오녀』와 동요의『구지가』, 그리고 개화기 신체시로 아동
문학의 근대화에 기여한 최남선의「해에게서 소년에게」등이 바다를
배경으로 한 해양아동문학의 전통을 이어왔다.

　지구자원의 보고인 해양은 미래 지구자원의 고갈을 대비한 대비책
이며, 미래의 지속가능발전의 열쇠가 바로 바다에 있다. 따라서 해양
문학의 의의와 중요성을 알고 우리나라에서도 자라나는 세대들에게
미래의 지속가능한 발전의 꿈을 심어 주기 위한 방안으로 우수한 해
양아동문학 작품이 창작되어야 한다.

II. 해양문학의 개념과 범위

　두산백과사전에 의하면, 해양문학이란 "바다를 배경으로 하거나
또는 바다에서 직접 취재한 문학작품"이라고 낱말을 풀이하고 다음
과 같이 소개하고 있다.

　바다를 무대로 하였다는 점에서는 오랜 것으로 구약성서(舊約聖書)
의《요나서(書)》, 호메로스의《오디세이아》, 북유럽의《사가》, 그리고
《천일야화(千一夜話)》의 〈뱃사람 신드바드의 모험〉 등을 들 수 있다.

　근대문학에서 앵글로 색슨민족은 역시 바이킹의 후예답게 D.디
포의《로빈슨 크루소》(1719), R.L.스티븐슨의《보물섬》(1883) 등의 걸
작이 있으며, 낭만주의파의 많은 시인들이 바다에서 소재를 취하였
다. G.G.바이런의《해적(海賊)》(19), S.T.콜리지의《늙은 선원의 노래》
(1797), J.R.키플링의 시집《일곱 개의 바다》(1896) 등 해양문학은 영국

에서 꽃피었다. J.콘래드는 폴란드에서 영국으로 귀화하였는데, 스스로 선장(船長)으로서의 경험도 있어《청춘(靑春)》(1902)《태풍》(1903) 등의 단편소설 외에, 《나시서스호의 흑인》(1897)《로드짐》(1900) 등의 장편을 지어 해양문학의 대표적 작가로 꼽는다.

미국에서는 E.A.포의《큰 소용돌이에 삼키어》(1841)와 그밖의 단편, H.멜빌의《백경(白鯨)》(51), E.헤밍웨이의《노인과 바다》(1952)가 잘 알려졌다. 프랑스에서는 샤토브리앙, V.위고의《바다의 노동자》(1866) 외에 P.로티의《빙도(氷島)의 어부》(1886)가 유명하다. J.베른의《해저(海底) 2만 마일》(70)은 원자력 잠수함의 출현을 예언한 공상과학 소설의 선구적 작품이다. 항해기(航海記)에 속하는 것으로는 문학성 짙은 것이 몇 작품 있으나 하이에르달의《콘티키호 표류기(漂流記)》(1948) 등이 손꼽힌다.

한국에서는 아직 이렇다 할 작품을 개척하지 못하였으나 장한철의《표해록》을 굳이 이 범주에 넣을 수 있다.

해양문학은 해양을 대상으로 하여 소재와 주제를 삼거나 해양 체험을 소재로 한 문학으로 바다와 그 주변의 모든 것들을 배경으로 인간의 삶의 체험을 다룬 총제적인 문학작품을 말한다. 직접적인 바다 체험, 바다의 풍광이나 자연미를 노래한 문학, 바다를 무대로 생활하는 사람들의 바다를 통한 인간의 동경, 희망, 모험심을 담은 문학, 섬 지방의 생활을 다룬 문학, 바다와 인접한 지방의 토속적인 해양 관련 문화를 다룬 문학, 남극이나 북극을 탐험, 바다생태와 환경을 다룬 문학, 해저자원 개발을 소재로 한 작품, 선박을 이용하여 대양 항해체험을 다룬 문학 등 그 범위가 넓다.

해양문학은 장르상의 명칭이 아니므로 해양소설, 해양시, 해양수필, 해양아동문학 등 구체적인 명칭으로 명명되어야 한다. 바다를 배경으로 하거나 바다를 주요한 대상으로 하는 문학이므로 직간접적으로 바다와 관련된 모든 작품을 해양문학의 범주에 포함시키기도 한다.

최영호는 해양문학의 영역을 다음과 같이 세분하고 있다.[2]

1) 해양 번역 문학

2) 해양 수필 문학 : 해양 수필, 해양 서간문, 해양 일기문

3) 해양 소설 문학 : 해양 실화계 소설, 해양 창작 소설

4) 해양 시 문학 : 해양 현대시, 해양 한시

5) 해양 가요 문학 : 해양 가요, 해양 가사, 해양 무가

6) 해양 전기 문학

7) 해양 기행 문학 : 표해록류

8) 해양 민요

9) 해양 설화 문학 : 해양 설화, 해양 신화, 해양 전설, 해양 민담

10) 해양 희곡 문학

11) 해양 전쟁 문학

12) 해양 아동 문학

이어서 우리나라 해양 아동문학 작품으로 동화 작품을 들고 있는데, 권정생의『바닷가 아이들』, 김일광『아버지와 바다』, 현길언의『해적을 무찌른 장사 한씨』, 이현주의『빈배』, 김요섭의『갈매기』, 김문홍의『무서운 바다』,『보물선을 찾아서』,『안개』, 정진채의『남해바다 이야기』,『동해바다 왕국』, 한낙원의『해저왕국』등이 있고, 번역 해양

---

2) 조규일, 최영호 엮음,『해양문학을 찾아서1』, 집문당, 1994. p.15.

동화로는 J. 베른의『해저 이만리』, R.L. 스티븐슨의『보물섬』, J, 스위프트의『걸리버 여행기』, 다니엘 포우의『로빈슨 크루소』등[3]을 들고 있다.

Ⅲ. 해양문학의 작품

1. 세계의 해양문학

세계 명작들 중 해양을 소재로 한 해양 아동문학 작품은 다음과 같다.

◎ 아시아, 남태평양 :『신드바드의 모험』이 있다. 천일야화 중의 한 도막의 이야기로 9세기에서 16세기 사이에 이집트에서 수집한 회교도들의 민족전설이다. 아라비아어로 쓰여진 16권의 소설을 버튼이 완역한 것으로 아라비안나이트 중에서『알리바바』,『알라딘의 요술램프』등은 동화책으로 널리 읽혀지고 있다.

◎ 지중해 : 호머, 오디세이는『오디세우스의 노래』로 그리스군이 트로이를 공략하여 범선을 타고 귀국할 때까지의 귀향 이야기이다.

◎대서양 : W로드,『타이타닉호의 최후』는 영국의 호화 여객선 타이타닉호가 1912년 4월 10일, 2,207명의 승객과 승무원을 태우고 뉴욕을 향해 처녀항해 중 14일 방산에 충돌하여 해상에서 침몰, 승객 815명과 승무원 668명이 익사한 사상 최대의 해난 비극을 월터 로드가 다큐멘터리로 쓴 실제 조난 사고 이야기이다.

◎대서양 : D. 디포,『로빈슨 크루소』는 남미의 중앙 페르난디즈 섬

---

3) 앞의 책, P.45.

에 표류하여 무인도에서 4년 동안 살다가 1711년에 런던으로 돌아온 스코틀랜드 출신 선원, 알렉산더 셀커크의 실화를 소재로 쓴 표류해양소설이다.

◎대서양 : R. 암스트롱,『바다의 변화』는 1948년에 발표된 해양아동문학작품으로 16세의 한 소년 선원이 미래의 상선사관이 되는 꿈을 그렸다. 16세에 승선하여 17년간 선원생활을 보낸 작가의 생생한 체험을 소재로 한 명작으로 주인공 소년 실습생이 험난한 바다생활 속에서 선원으로 발전해나가는 성장 과정을 그렸다.

◎카리브 해 : R.L. 스티븐슨,『보물섬』, 1883년에 발표된 해적 이야기의 고전작품, 영국 남부의 해안 마을 배경으로 노련한 뱃사람이 등장하고, 해적들의 추적과 보물을 찾아 출항, 선원들의 해적으로의 변신, 섬에서 정박하고 해적과 싸워 보물을 싣고 귀환하는 이야기로 다양한 사건들과 생생한 해양 풍속을 그려나간 해양문학의 명작이다.

◎카리브 해 : R. 휴즈,『폭풍』은 1939년의 영국의 해양문학작품으로 1929년 미국 버지니아 주의 노퍽 항에서 잡화를 실은 화물선 9,00톤급 아르키메데스호가 출항하여 허리케인에 휘말린 이야기다.

◎카리브 해 : E. 헤밍웨이,『노인과 바다』는 등장인물이 노인과 소년 두 사람으로 쿠바의 산치아고의 거대한 돌고래를 낚아 올리지만 고기에 끌려 어선이 바다 쪽으로 끌려 떠내려가다가 3일 이틀 밤의 처절한 격투 끝에 잡아온다는 조어문학으로 노인의 불굴의 생명력을 묘사한 명작이다.

◎카리브 해 : P.벤치리,『선』, 1979년 발표한 잠수소설로 미국의 현대 해양작가인 벤치리는 1974년『조스』를 발표해 화제가 되기도 했다. 해양모험 3부작으로 카리브 해에 17세기 전통을 고집하면서 살아가는 범선시대의 해적 자손이 살고 있다는 가정으로 쓴 해양소설이

다.

이 밖의 작품으로는 북태평양 해역 소재작품으로는 헤밍웨이의 『노인과 바다』에 영향을 준 작품으로 "모비 딕"이라는 거대한 흰 고래를 추적한 에이햄 선장의 복수 세계를 그린 포경문학작품을 H. 멜빌이 1851년에 소설『백경』으로 발표했고, 남태평양 해역 소재작품으로는 1979년 남태평양에서 영국의 무장 범선 바운티호에 해군 사관후보생의 반란이야기를 쓴 보커, 브라이 함장 공저로 발간된 탐험 모험의 기록『바운티호의 반란』, 1784년 태평양 해역을 중심으로 북동 항로나 남극 대륙의 탐험을 세 차례나 한 J.쿡 선장이 직접 겪은 항해기록『발견 항해 또는 태평양 항해기』, 1948년에 폴리네시아 민족의 기원이 남아있는 남미 페루에서 해류와 무역풍을 타고 이주했다는 가설을 제기한 인류학자 T. 헤이어달이 자기주장을 증명하기 위해 1847년에 뗏목 콘티키호로 직접 항해한 표류항해기인 탐험 · 모험기록『콘티키호 탐험기』가 있다.

아세아 · 인도양 해역 소재 작품으로는 스무 살의 2등 항해사가 된 주인공 말로가 석탄 수송도중 범선 화재로 보트로 탈출하여 방콕에 도착했던 선원생활 경험을 20년 후에 항해를 회상하는 형식으로 전개되는 서정시 같은 중편소설인 승선 경험을 모티브로 한 1898년 콘랜드의 소설『청춘』, 그리고『신드바드의 모험』이 있으며, 아프리카 주변 해역 작품으로는 병원에서 근무하는 의사 봉바르가 표류하면서 해수와, 물고기, 플랑크톤으로 목숨을 이어갈 수 있다는 입증 기록으로 조난 선원의 치료 체험을 계획을 세우고 103일간의 표류실험에 성공한 모험 · 탐험기록을 담은 1953년의『실험표류기』, 1816년 프랑스 세네갈 파견대를 태운 프리깃 함 메두사호가 서아프리카 해안에서 조난당한 해난사고의 다큐멘터리인 A. 맥키가 1975년에 발표한『죽음의 뗏목』이 있다.

지중해 해역의 작품으로는 B.C 8세기경의 서사시『오디세이』, 셰익스피어가 1011년경 유작으로 남긴 희곡『템페스트』, 1943년 프랑스의 해중 과학자 쿠스토가 수중에서 호흡할 수 있는 폐라는 뜻을 지닌 아쿠어렁을 발견한 탐험·모험기록『침묵의 세계』가 있다.

영불해협을 소재로 한 작품으로 잘 생긴 고아 출신 주인공 버드가 영불해협에서 강제로 징병되어 포함에 끌려가 겪은 배안의 반란을 모티브로 한 H. 유고의『빌리 버드』, 1820년 영불해협의 간디 섬에서 주인공 청년이 좌초한 선박을 건져내어 선주의 환심을 사 선주의 딸과 결혼 약속을 하나 딸이 싫어하고 교회의 사제가 그 딸을 연모하자 사랑을 양보한다는 1866년 V.유고의『바다에서 일하는 사람들』이 있다.

북해 해역을 소재로 한 작품으로는 선량한 한 어부와 그의 아내가 살아가는 어촌의 출어 조난 비극을 그린 1886년의 P. 로티의『아이슬란드의 어부』, 노르웨이 해안의 낭떠러지에서 펼쳐지는 놀라운 광경의 조류 소용돌이에 휘말린 늙은 어부의 체험담을 모티브로 한 1841년의 E.A. 포의『메일스트류의 큰 소용돌이』, 대서양으로는 다큐멘터리 W. 로드의『타이타닉 호의 최후』, D. 디포의『로빈슨 크루소』(1719), 항해기록 A. 제르보의『단 한 사람의 대서양 항해』(1929), R. 암스트롱의『바다의 변화』(1948), 카리브 해 해역 소재작품으로는 1492년의 항해기록『콜롬부스의 항해지』(1492), R.L.스티븐슨의『보물섬』(1883), R.휴즈의『폭풍』(1939), E. 헤밍웨이의『노인과 바다』(1952), J. 히긴즈의『야간 항로』(1964) 등이 있다.

북미지역의 희곡 E.오닐의『카디프를 향하여 동쪽으로』(1916), 모험소설로 P.벤치리의『섬』(1979), 남미 소재로 다큐멘터리 J.R.L. 엔더

슨의『높은 산 먼 바다』(1980), G. 가르시아 마르케스의 소설『어느 조난자의 이야기』(1970), 오스트레일리아 해역을 소재로 한 작품으로는 1957년의 N.슈트의 소설『바닷가에서』, 소년문학작품인 1969년 C. 틸의『푸른 지느러미』, 1978년 L.노먼의『바다의 꿈』, 케이프혼 해역을 소재로 한 작품으로 항해기록 R.H. 데이너의『범섬항해기』(1840), 탐험·모험기록인 1938년의 S. 쯔바이크의『마젤란, 기타』, 항해기록 J. 스로컴의『스프레이호 세계주항기』(1900), 북극해의 탐험·모험기록 R. 아문젠의『북서항로』(1908), 1866년의 J. 배르느의 모험소설『하테라스 선장의 모험』, 남빙양 해역의 소재로는 S.T코울리지의『노수부행』(1798), 극동지역 전기문학으로 한국인 조성도의『한국의 민족적 영웅, 이순신』(1970) 등이 있다.

2. 우리나라 해양문학

우리나라는 지정학적으로 삼면이 바다이어서 예로부터 바다와 관련된 소재의 작품이 많았다. 당시의 선박건조 기술과 기상예측 과학이 발달되지 못해 주로 표해류의 해양문학이 많다. 최부의 〈표해록〉, 김비의 〈표류기〉, 이지항의 〈표주록〉, 최두찬의 〈강해승사록〉, 고상영의 〈표류기〉, 연암의 〈서이방익사〉 표류기사류와 문헌설화류로 『삼국유사』의 〈연오랑과 세오녀〉, 『어우야담』소재 〈권가술자공회대왕조무토야〉, 〈이지봉수광위안변부사〉, 창작류로 〈부남성장생표대양〉, 그리고 이방익의 〈표해가〉나 승선 체험의 〈도해가〉와 같은 가사류, 표류설화 등이 전해오고 있다. 시조로는 맹사성의 〈강호가〉, 김수장의 〈창해승선가〉, 김우규의 〈강호가〉, 윤선도의 〈어부사시가〉 등이 있고, 구전문학인 설화나 전설, 전래동화 등에도 바다와 관련된 해양문학의 뿌리를 찾을 수 있다.

　우리나라 고전 소설 중 일부의 이야기가 바다와 관련이 있는 작품으로는 김시습의 〈금오신화〉의 "용궁조연록"을 비롯하여 〈심청전〉에서 심청이가 뱃사람에게 팔려가 인당수에서 빠져죽는 이야기랄지, 〈토끼전〉은 〈구토지설〉이라는 짧은 이야기에 근원을 두고 판소리 혹은 소설로 확장된, 조선 후기 판소리계 소설이면서 우화소설로 바다 속을 배경으로 하고 있다.

　우리나라 최초의 신체시 「해에게서 소년에게」를 쓴 육당 최남선도 일찍이 바다의 중요성을 '바다를 잃어버린 국민'이라는 글에서 "조선은 기다란 반도국으로서 남이 애를 태우고 얻으려 하는 바다를 옛적부터 무척 많이 가졌다. 그런데 이러한 큰 재산, 큰 보배의 임자임을 조선 겨레가 잘 인식하지 못하고 그래서 그 갸륵한 바다가 조선인에게 있어서는 도야지에게 진주란 격이 되고 말았다."라고 하면서 "경제의 보고, 교통의 중심, 문화수입의 첨경, 물자교류의 대로 내지 국가발전의 원천, 국민훈련의 도장인 바다를 내어놓고 더 큰 기대를 어디다 붙일 것이냐"고 애절하게 바다의 중요성을 토로하였다.

　현대아동문학 작품에서 바다와 관련된 작품집들은 많이 있으나 몇 작품만 예로 들면 다음과 같은 작품을 들 수 있다.

　마해송『떡배 단배』, 김녹촌『바다를 옆에 모시고』, 『내 고향 바다』, 박경종「초록 바다」, 윤일광『해를 안은 바다는 가슴으로 빛을 낸다』, 최일환『아침은 바다에서』, 노원호『고무신에 담긴 바다』, 『바다에 피는 꽃』, 『바다를 담은 일기장』, 강구중『별이 내리는 바다』, 박인술『늘 푸른 바다』, 김관식『햇살로 크는 바다』, 윤이현『바다가 보낸 차표』, 김용재『바다 그 은빛 모래성』, 이주홍『무지개 뜨는 바다』, 김용재『노래하는 바다』, 김재원『바다에 살자』, 소중애『나문재꽃 피는 꽃』,

박일『예순 개의 바다』, 이성관『바다와 아버지』, 김일광『아버지의 바다』,『엄마의 바다』, 김완기『푸른 바다를 달리는 기차』, 손춘익『푸른 바다 저 멀리』, 정진채『남해바다 이야기』, 김종상『밤바다 물결소리』, 이상배『바다가 좋아』, 강정규『바다 위에 그린 무지개』, 정호승『바다로 간 까치』, 한승원『별아기의 바다꿈』, 강구중『별이 내리는 바다』, 윤이현『바다가 보낸 차표』, 이주홍『무지개 뜨는 바다』, 박경종의『초록바다』, 박홍근의『두고 온 고향 바다』등의 많은 동시 동화작품집이 있다.

최근에 발표된 한국동시작품을 살펴보면, 우리나라 현대동시인들의 대표적인 집단인 한국동시문학회에서 2015년 회원들의 작품을 모은 동시집『할아버지와 달팽이』에 87편의 동시가 수록되었다.

여기에 발표된 해양관련 동시는 동시집『할아버지와 달팽이』에 87편의 동시가 발표되었는데, 바다 속에 사는 새우의 생태를 형상화한 하지혜「바다 방」과 한려수도 바다의 섬 조망을 의인화한 이준섭「고물고물 조막섬들」, 바다 풍경을 그린 최미숙「바다 풍경2」, 김종상「갯펄에서」, 김제남「순천만 갈대숲」, 온 나라를 슬픔으로 몰아넣은 해양 선박 침몰 사건인 세월호 사건과 쇠비름의 생명력과 관련 지은 이성자「그날 이후」, 파도에 부딪치는 몽돌을 의인화한 조무근「파도는 몽돌을」등 7편이고 조금이나마 관련이 있는 작품으로는 전망대에서 바다, 산, 나무를 조망한다는 이창규「전망대에 서면」, 갈매기와 까치가 앉는 남은우「바닷가 감나무」등 2편의 동시가 있었다. 이러한 통계로 보아 우리나라 동시인들이 해양문학에 관한 관심도가 매우 낮다는 사실이 입증된 셈이다.

앞으로도 바다 관련 작품집은 다양한 관점에서 접근한 표류기나 각종 해양사고, 해양생태를 다룬 작품, 해저세계, 해저 탐험과 해저자원개발, 해양탐험, 북극 남극 탐험, 난민구출이야기, 해양 전쟁, 해적이야기, 해양무역선, 원양어선, 멸종회귀 바다생물, 해양과학소재, 바다와 미래과학을 융합한 환상동화, 해양 SF 작품 등 다양한 작품이 다양한 형식으로 창작되어 해양국가로서의 해양문학 위상을 정립하여야 할 것이다.

Ⅳ. 해양아동문학의 방향

해양아동문학은 탐험과 모험심을 자극하는 작품으로서 인격형성기의 전형으로서의 바다라는 조건을 리얼하게 묘사하여 바다가 곧 어린이들에게 인간으로서의 가치를 시험받는 경험의 장으로서의 역할을 수행하게 된다.

해양아동문학은 해양국가의 국민으로서 장래의 직업 진로 선택과 역경극복의 의지를 심는데 기여한다고 볼 수 있다. 그리스 신화에 등장하는 아르고선의 원정 항해기의 인물을 아르고노트라 부르는데, 오늘날 우주시대 우주비행사를 코스모노트라라고 부르는 것은 인류의 꿈을 반영한 것이라 볼 수 있다. 고갈된 미래의 식량자원과 지속가능발전을 위한 해양과학과 우주과학은 미지의 세계에 대한 동경과 어떠한 역경에도 굴복하지 않고 개척해 나아가려는 인간의 의지를 반영한다.

지구 온난화 현상으로 극지방의 빙하가 녹고 해빙으로 인해 바다의 해수면이 상승하는 등 바다에도 이상 징후가 일어나고 있다. 무분별한 해양 쓰레기들이 바다를 오염시키고 있고, 유조선의 해양사고로 기름이 유출되어 해양이 오염되어 해양생명체들이 오염되고 있고 생존의 위협을 받고 있고 그로 인해 인류의 생존까지 위협당하고 있는 상황이다. 우리나라는 해양국가다. 삼면이 바다로 둘러싸인 해양국가로 외국과의 교역이 해상교통로로 운송되고 있다. 해양문학은 조풍문학이라고 하듯이 실제로 바다 체험으로 살아있는 체험을 쌓아야 한다.

뿐만 아니라 최근에는 바닷모래를 무분별하게 채취하여 해양어류들의 산란과 서식지를 파괴하고 죽음의 바다를 만들고 있는 모래채취를 금지하여 해양자원을 보호하는 것도 급선무일 것이다. 이러한 해양생태환경을 고발하고 해양자원을 보호하는 건전한 생태주의 생태의식을 고양하는 문학작품도 오늘날 중요한 해양문학의 영역으로 자리잡아 이에 대한 다양한 작품이 창작되어야 한다. 하나뿐이 지구가 인간의 추악한 욕심으로 모든 생명체를 死地로 몰아가고 있는 모래채취는 지속가능한 발전을 위해서 철저히 금지되어야 한다. 이러한 해양생태계의 보전의식을 고양하는 해양생태문학도 해양문학의 한 방향으로 추진되어야 한다.

한국문학에서 해양문학은 외국에 비해 빈약하기 짝이 없다. 해양을 문학작품의 소재로 홍길동전, 금호신화 등에서 일부 등장하기는 했지만, 작품 속에 체험이 깊게 스며들지 못했다. 신화시대나 전설에서 나타나는 해양보다 창작문학 속에 나타나는 해양은 더욱 보잘 것 없을 뿐만 아니라 비장미는 거의 찾아볼 수 없다.[4]

불행하게도 우리나라에서 심심치 않게 일어나는 각종 유조선의 기름유출 사건과 해양선박 침몰사고인 세월호 사건 등은 우리나라의 해양과 선박에 대한 안전의식과 무지를 폭로한 불행한 사건이었다.

우리나라가 삼면이 바다라는 지정학적인 해양문학의 유리한 여건

---

4) 백무현, 「해양문학 방향에 대한 연구」, 모악어문학1권, 1986. p.147.

에 있으면서도 이제까지 해양문학이 저조했던 까닭은 해양에 대한 의식이 미온적이고 수동적이어서 적극성이 없었던 결과도 있지만 해양생활에 대한 경험의 부족도 예외일 수는 없을 것이다. 우리나라의 해양문학 발전을 위해서는 해양에 관한 전문적인 지식과 해양경험이 많은 해양작가들을 배출하고 그들에 대한 정책적인 배려와 지원책이 강구되어 작가들이 해양작품에 전념할 수 있도록 해야 한다. 그리하여 해양체험을 승화시킨 다양한 작품들을 많이 창작하도록 하여 풍성한 해양문학의 시대를 열어나가야 할 것이다. 일찍이 우리나라는 원양어선의 해외진출과 세계에서 손꼽는 선박제조국가로 위상, 세계 10위권의 무역국가, 해양과 해저 석유자원 개발 등 해양국가의 면모를 보이고 국내적으로는 3,000개의 섬을 보유하고 일본과의 독도 분쟁이 계속되는 상황에서 해양에 관한 관심과 경험을 모티브로 한 다양한 아동문학작품이 창작되어 어린이들에게 읽게 함으로써 어린 시절부터 해양에 대한 꿈과 탐험심과 도전의식을 길러 주어야 할 것이다. 그 길이 바로 해양국가로서의 위상을 정립하는 길이기 때문이다.

※ 참고문헌 ※
1. 주경철, 『대항해 시대』, 서울대학교 출판부, 2008.
2. 구모룡, 『해양문학이란 무엇인가』, 전망, 2004.
3. 요미우리신문사, 『병기최첨단 전8권』, 권재상 역, 『대양함대』, 7권, 이성과 현실사, 1993.
4. 조규일, 최영호 엮음, 『해양문학을 찾아서1』, 집문당, 1994.
5. 백무현, 「해양문학 방향에 대한 연구」, 모악어문학1권, 1986.

필진 약력

(가나다순)

강문석
1989년 「동양문학」으로 등단. 한국시인협회 회원. 공간시 낭독회 상임시인. 성균문학상 수상
서울 서초구 방배로 25길 50. 101호. 010-8580-8958

강봉희
시인·수필가. 단국대 대학원 문예창작 전공·문학 석사 한국문인협회 회원 한국서정문인협회 부회
장한맥문학동인회 자문위원 한울문학작가회 회장 역임. 한국서정문인협회 부회장. 청소년 지도
사. 장애인협회 이사 걸 스카우트 회장 태안방범대 회장 역임. 한마음봉사단 회장. 어은돌청소년
힐링야영장 이사 Han Engin Tec 대표이사 수상:문예진흥공사 시 부문 대상 한국현대시연구소 금
상 한국육필문학 뛰쉬킨문학 대상 외 다수. 충남 태안군 소원면 모항리 연들길 84 어은돌휠링야영
장. ksshh041@hanmail.net, 010-3473-5436

강상기
1946년 전북 임실 출생. 1966년 월간종합지 『세대』제1회 신인문학상. 1971년 동아일보 신춘문
예로 등단. 1982년 오송회 사건에 연루되어 옥고를 치렀고 17년간 교직을 떠나야 했다. 시집 「이
색풍토」(공저), 「철새들도 집을 짓는다」, 「민박촌」, 「와와 쏴쏴」, 산문집 「빗속에는 햇빛이 숨어 있
다」, 「역사의 심판은 끝나지 않았다」(공저), 「자신을 흔들어라」가 있다. 010-8851-1359

강상률
한국문인협회 지역협력위원, 한국현대시인협회 회원, 국가보훈청 현충일추모헌시 최우수상. 경상
북도 문학상 수상, 1984년〈북소리들리는아침〉시집발간. 36949 경북 문경시모전동 57- 25(중앙
로 50-9)/ ksy4420@hanmail.net/ 010-4513-4420

강송화
1964년 경상남도 함양 출생. 2007년 미주 한국일보 공모전 소설부분 가작. 2007년 해외문학 신
인상 단편소설 당선. 2009년 문학과의식 신인문학상 단편소설. 2011년 11월 중앙일보 시조백일
장 장원. 2012년 1월 중앙일보 시조백일장 장원. 2015년 월간문학 시조 신인작품상 당선, 2010
년 단편소설집 '구스타브쿠르베의 잠' 2013년 단편소설집 '파도의 독법'(共著) 2014년 시집 '살
아있는 기호들'(共著) 2014년 단편소설집 '기억된 상실'(共著). 2016년 스마트 소설집 '네여자 세
남자'(共著) 2017년 한국소설 중편소설 '재회', 현재, 문학의식 공동대표, 세계한인작가연합 이사,
한국소설가협회 회원, 한국문인협회 회원, 국제펜클럽 회원

강준철
2003년 계간 「미네르바」 등단, 한국문협, 부산문협, 새부산시협, 미네르바문인회 회원, 〈시와 인
식〉 동인회장, 우리말글사랑행동본부 회장. 문학박사. 시집 : 「바다의 손」, 「무조나무가 웃었다」,
「부처님 안테나 위로 올라가다」, 「나도 한번 뒤집어 볼까요?」 부산광역시 수영구 장대골로19번
길, 7 102동 1002호(광안동, 협성엠파이어아파트)/ 010-9848-8758/ kangjc42@hanmail.
net

고 원(古園) 강춘진(姜春鎭) KANG CHUN JIN
개인전 5회, 해외 초대전 3회(이탈리아, 그리스, 미국 등), 국내 초대전 및 한국미술협회전 외 40회. 2017년 : 한국을 빛낸 자랑스런 한국인 대상/한국화 부문 대상(한국언론인연합회 회장). 대한민국 문화예술명인대전/문화예술부문 대상(국회행정안전위원회 위원장). 대한민국 문화예술명인대전/한국화 부문 대상(국회과학기술방송 위원장). INNOVATION 기업&브랜드 대상/예술부문 대상(스포츠 서울). 대한민국혁신 한국인 & 파워브랜드 대상/문화예술진흥부문 대상(월간 한국인). 2014년 : 대한민국문화예술명인대전/한국화 대상(국회통일위원회 위원장). 2013년-2004년 : 대한민국부채예술대전/종합대상(서울시장). 대한민국전통미술대전/최우수상(예총회장상). 기타 공모전 특선 및 입선/ 50여 회 수상. 2017년: 자랑스런 나눔봉사인 대상, 한국미술관 우수작가상, 대한민국 명인대전운영위원회 감사상. 2014년 : 스칼라티움아트스페이스 기획초대전 우수작가상. 2013년 : 한국전통문화진흥협회 최우수 작가상. 2010년 : 동방대학원대학교 총장 감사장. 2004년 : 홍익대학교 디자인교육원 우수상. 현재, 한국미술협회회원, 국가보훈예술협회 초대작가, 대한민국명인미술대전 초대작가, 한국예술협회 자문위원, 보국훈장광복장(국가유공자)서울특별시 송파구 오금로 11길 33 신동아아파트 1007호. 010-4022-4142

구춘지
2013년 문예비전 신인상 등단. 시집 『그곳에 가면』 출간. 한국문인협회 회원
서울 서대문구 연희로 335-10 (홍은동), 010-4166-1213

김 견(1971~)
1971년 중국 연길 출생, 2000년 중편소설: 「그리다 만 그림」으로 데뷔, 단편소설로 「영호의 죽음」, 「탈속(脫俗)」, 「엄마의 일기」등, 우화집 『리더의 칼』[『하늘은 무너지지 않는다』(도서출판 토파즈) 편저, 중한번역서 :『지낭의 즐거움』(도서출판 토파즈), 『중국굴기(中國堀起)』(도서출판 아이필드), 한중번역서 :『쓰레기더미에서 황금알을 캐는 사나이』(베이징민족출판사), 동시집 : 『기러기 가족』(신세림출판사, 2018)
中國 吉林省 延吉市 公園路 牛市街 出版社小區 4号樓 1單元 502. 전화 : 138-9438-5191

김 목
중앙일보 소년중앙문학상 동화 당선(75), 광주일보 신춘문예 시 당선(75), 동화집 『여우야 여우야 뭐하니』 등 있음. (현) 호남일보 논설위원, (현) 계간 남도문학 발행인, 광주광역시 남구 화산로 73번길 3. 101동 401호(진월동 고운하이플러스아파트), 010-3608-0785

김관식
광주교육대학 졸업(1974년), 조선대학교 경상대학 회계학과 졸업(1984년), 조선대학교 대학원 경영학과 회계학전공 경영학석사(1986년), 한국교원대학교 대학원 교육사회학과 교육학석사(1998년), 한국방송통신대학교 국어국문학과 졸업(2012년), 한국방송통신대학교 대학원 문예창작콘텐츠학과 문학석사(2015년), 한국방송통신대학교 문화교양학과 졸업, 숭실대학교 대학원 문예창작학과 박사과정 재학, 전남일보 신춘문예 문학평론 입상(1976년), 계간 『자유문학』신인상 시 당선(1998년), 제1동시집 『토끼 발자국』 외13권 발간, 제1시집 『가루의 힘』 외 6권 발간, 문학평론집 『한국현대시인의 시세계』 외3권, 문학이론서 『아동문학의 이해와 동시창작법』, 명상칼럼집 『한 자루의 촛불』, 전설집 『나주의 전설』, 2015년 제40회 노산문학상 수상, 2016년 제7회 백교문학상 대상 수상, 2017년 황조근정 훈장,한국문인협회 회원, 국제펜클럽 한국본부 이사, 한국현대시인협회 이사, 한국아동문학인협회 이사, 계간 『남도문학』자문위원, 『서정문학』운영위원, 계간 『백제문학』, 『가온문학』 신인심사위원. http://kks419.kll.co.kr/
08110 서울특별시 양천구 신정로 170 신정6차현대아파트 104동 1102호, kks41900@naver.com, rlarhkstlr419@hanmail.net / 070-7560-3908(자), 010-4239-3908.

석천 김기섭
서예가, 한국예술협회 회장, 한국가훈보존중앙회 회장, 한국미술협회원, (사)남북문화교류협회 문화예술분과 부위원장, (사)국제미술작가협회 심사위원장, 각 서화대전 초대작가 심사위원, 전시 : 전국 대, 소 전시회 1,500여회, 작품소장 : 중국 수도박물관. 길림성 박물관. 장춘시 역사박물관 등, 비문건립 : 중국 계림시 비림공원 비문건립, 수상 : (사)한국미술협회 이사장 상, (사)국제미술대상전 대상. (사)한국민속예술 연구원 예술대상, 세계평화교육자 상(NGO), 우리 것 보존협회 명인대상, 한·중 천지 국제미술대전 초대작가상, 법무부 감사장, 공로패, 표창장 20여회, 대통령 감사장. 국무총리 표창장, 법무부, 과학기술처 장관상, 서울특별시 등록 제345호 한국가정교훈문화연구원, 서체창작 : 석천체 및 백송체 창작(HY B체), 현재 : 석천서실 운영. 03113 서울 종로구 종로63 다길 38(1층 우) 한국예술협회, 010-9004-8502

김대억
한국외국어 대학 영문과 졸업, Tyndale Theological Seminary McMaster University, 대한민국 공군참모총장 영문서한 및 연설문 작성 장교, 토론토 시온성 장로교회, 버펄로 장로교회 담임목사, 토론토한인교역자회 회장, 공인 법정통역관(캐나다 및 미국), 토론토 한국일보 칼럼이스트, 애국지사기념사업회(캐나다) 회장, 저서: 『숲을 바라보는 인생』, 『법정에 나타난 인생풍경』, 『달팽이의 행진』, 『걸어가고 싶은 길』, 『성서속의 여인들(신약편)』, 『성서속의 여인들』(구약편 「성경에 나타난 전쟁과 사랑」』 등, Rev. Dae Eock (David) Kim, 1004-80 Antibes Drive, Toronto, Ontario M2R 3N5 Canada Tel: 416-661-6229(집), 416-2207610(휴대)

김동수(金東洙)
월간『詩文學』으로 등단(1981년), 시집 『말하는 나무』, 『그림자 산책』등, 시문학상, 한국비평문학상, 대한문학상, 조연현문학상 수상, 현재: 백세예술대학교 명예교수, 『온글문학』대표, 『미당문학』 회장, 54902 전북 전주시 덕진구 호성로 136(진흥w-파크) 209동 1202호, 063) 246-8978, 010-6541-6515 kitosu@hanmail.net

김동진(金东振)
흑룡강성녕안시동경성진에서태여남, 연변대학통신학부조문전업 본과졸업, 중학교 문화관 문화국 창작실을전전하다가정년퇴직함, 저작으로시집《두만강새벽안개》(2007년를비롯하여시조집 수필집 실화집 가사집 동요동시집 문집등19권 출간. 연변작가협회문학상 《연변문학》 운동주문학상 《연변일보》 해란강문학상 연변주진달래문예상 시조문학상 《문예시대》 해외동포문학상 등 수상했음. 吉林省珲春市吉兴花园 5-6-201, 138 4331 3093, jdz2718@hanmail.net

김신자
서울시 은평구 갈현로 3다길 15 라이프시티 아파트 101동 305로, 2005년 교직 정년퇴직
현재, 주식회사 아리랑이온 대표 구로 산업단지 내, 010-9944-7689

도선 김용현
한국화가, American 선종대학원 졸업. 중국길림대학 중문과 수료. 수원대학교 조형예술대학원 동양화 졸업. 일본 동남아시아대전 공훈 훈장. 우즈베키스탄 문화성 장관상. 일본 신원전(新院展) 국제공모최우수그랑프리상, 문화성 장관상.한국예술총회총연합회 문화공로상. 개인전 15회 및 해외전 400여회. 한성대학교, 예원대학교, 고려대학교 교육대학원 강사역임. (사)한국미술협회 자문위원, 서울미술협회 이사, 서예신문사 이사. 동작미협회장. 현충미술대전 운영위원장 역임. 장대천 대풍당 우수계승자 화사. 중국길림화함수대학 명예교수, 산동성 조장예술대학원 객좌교수. 대한민국명인미술대전 집해위원장. (사)한국미술협회 교원 (지도교수) 평창 동계올림픽 세계미술축제 집행위원장. 저서 : 『초보자를 위한 도선 김용현 화조화』제1집 조류편 06920 서울 동작구 만양로19. 101동 1410호(노량진동, 신동아 리버파크@) 010-6207-7677

묵제 김장수

전남 영암군 금정 출생. 1962년 의재 허백련 화백의 제자로 입문. 한성미술대전 대상, 한국미술대전 대상, 한국미술대전 입선 및 특선, 홍익대학교 미술실기발표전 총장상 교수 및 최우수상 수상. 한국 각 단체 및 협회전 200회 이상 출품. 한국최우수작가 100인전, 묵제 김장수 개인전 5회 개최, 현재, 묵제 동양화 화실 운영. 서울시 종로구 인사동 131 파고다빌딩 404호. 010-8294-0556

김재황

1987년《월간문학》으로 등단. 시조집『콩제비꽃 그 숨결이』,『묵혀 놓은 가을엽서』,『서호납줄갱이를 찾아서』,『나무 천연기념물 탐방』,『워낭 소리』외. 동시조집『넙치와 가자미』, 시조선집『내 사랑 녹색세상』외. 시집 다수와 시인론집『들꽃과 시인』, 시론집『시화』및 산문집 다수 등. 1987년《월간문학》으로 등단. 시조집『콩제비꽃 그 숨결이』,『묵혀 놓은 가을엽서』,『서호납줄갱이를 찾아서』,『나무 천연기념물 탐방』,『워낭 소리』외. 동시조집『넙치와 가자미』, 시조선집『내 사랑 녹색세상』외. 시집 다수와 시인론집『들꽃과 시인』, 시론집『시화』및 산문집 다수 등. 08795 서울시 관악구 인헌 3 나길 14(봉천동) (02) 878-9749 /손전화: 010-2222-8430

김준환(金準煥)

시인/화가/도예평론가, 본관은 선산(善山)이요, 호는 고강(古矼)이라 했고, 병자(丙子) 생으로 영덕 강구에서 태어났다. 학업의 기틀은 대전고등학교와 충남대학교 문리대 화학과를 시작으로 경북의 학원(學苑)과 예림(藝林)에서 수신(修身) 견문(見聞)하여 시(詩)·서(書)·화(畵)를 두루 섭렵하였다. 그 후 학문도 일종의 유희(遊戱)라 했듯 학용(學用)을 거쳐서 주역(周易)을 더듬다가 한 때 광주 곤지암에서 도예(陶藝)에 심취하여 10여 년을 보내기도 했다. 졸음(拙吟)을 모은 시집(詩集)은『행려병자(行旅病者)』·『초빈(草殯)』·『열린 문(門)』·『이명(耳鳴)에 시달리는 나날들』·『호반(湖畔)의 이웃들』·『오늘도 도도히 흐르는…』이 있다. 대전광역시 중구 대종로 334번 기;f 40. 은혜아파트 504호 010-6277-7805

김창현

고려대 졸. 불교신문. 내외경제신문 기자. 아남그룹 회장실 비서실장. 동우대 겸임교수. 〈문학시대〉 수필로 등단. 청다문학회 회장. 남강문학회 부회장. 용인시 수지구 수지로 113번길 15 .엘지A 207동 302호, 010-2323-3523

김철교

시인(『시문학』등단), 평론가(『시와시학』등단), 서울대 영어교육과, 중앙대 경영학박사(1988), 중앙대 문학박사(2018), 배재대 경영대학장, (사)미래경제연구원장, 시집:『사랑을 체납한 환쟁이』등 5권, 산문집:『영국문학의 오솔길』등 6권. (현) 배재대 명예교수, 심재문예원 대표, 08096 서울 양천구 목동동로 100, 목동아파트 1303동 705호.

김태은

1990년 중앙시조백일장 장원 등단, 1993년 동아일보신춘문예 시조당선, 노산문학상, 월하문학상, 전라시조문학상, 한국여성문학회 이사, 저서는 10권의 개인시집이 있음. (06904) 서울 동작구 현충로 151, 112-1105호 (한강현대 A), 010-8840-6833

김형철
아호 : 동초. 법명: 김원경. 전북 부안 동진 출생. 지방행정공무원 정년퇴임. 대한민국 옥조근정훈장. 월간 한국시 97 신인상 수상. 제10회 한국시 대상 수상. 제16회 백양촌문학상 수상. 제38회 노산문학상 수상. 한국공무원문학협회 회원. 전북시인협회 표현문학 회원. 부안문화원 이사. 한국문인협회 부안지부장 역임. 원불교문인협회 이사. 대한민국기로(서예)미술협회 추천 및 초대작가, 부회장. 시집 :『한 마디 사랑말 들은 적은 없어도』외 4권
산문집 :『하늘 땅 마음을 살핀다』010-9584-5076

도혜 김혜진
아호는 도혜, 경남 진주 출생, 전남 영광시 거주. 청일문학 시, 수필 등단. 한국시사랑문학회 8행시 장원, 한국문학정신 이달의 시인상, 한국시사랑문학상 대상, 경기도 도의회 의장상, 한국문인협회 원, 한국시사랑문학회 부회장, 시와늪문인협회 정회원, (전)문화센터 강사, (현)스토리채널 시마을 운영, (현) 에너지솔루션 대표. 공저 : 꿈과 쟁이 5, 6 명시선집, 바람이 분다. 서향과 동행, 초록물 결. 한국문예 창간호

나석중
전북 김제에서 태어나 2005년 시집『숨소리』로 작품활동. 시집『숨소리』『나는 그대를 쓰네』『촉 감』『물의 혀』『풀꽃독경』『외로움에게 미안하다』. oogeugi@hanmil.net 010-3739-7915 (13138)경기도 성남시 수정구 논골로 61번길 3-1. B01호(단대동)

류일복
천안시 서북구 차암동 54-1 성백산업. zhong1971@hanmail.net.
010-9374-1966

민숙영
1990년 월간문학 신인상 수상. 인천 강화군 불온면 덕성리 해안동로 283번 길
010-2977-3680

박 영(1959 ~   )
아르헨티나 거주. 재아문인협회 회장.
54 1121703223

박대문(朴大文 : 1949 ~   )
행정고시합격, 환경부 과장, 국장, 청와대 환경비서관을 역임. 우리 꽃 자생지 탐사와 사진 촬영, 식물분류 기사, 경제학 박사. (전)경기대 경제학부 겸임교수, (전)한양대 강사. 수도권매립지관리공사 사장, 강원풍력 사장 역임. 현대시문학 등단(2008), 현대시문학상 수상(2009), 동방문학 동인. 시집『꽃벌판 저 너머로』,『꽃 사진 한 장』,『꽃 따라 구름 따라』 3권
서울 송파구 양재대로 1109, 6동907호 (방이대림아파트). 010-5646-7491 dmpark05@naver.com

박일소(朴一笑)
국제펜한국본부 이사, 한국문협진흥재단 설립위원, 한국현대시인협회 이사. 문학공간작품상본상 수상, 한국미소문학상대상 수상, 시와 수상문학 문학상대상 수상, 시사랑문학회 5행시 장원, 시사랑문학회 기행문학대상 수상, 월간한맥문학회본상 수상. 시집:『꽃 아래 마음의 거울 놓고』『하늘로 보내는 편지』『수채화로 피어나는 젊은 날의 사랑 』『꽃을 먹는 남자』『잠 못 드는 남자』. 01880 서울시 노원구 월계로49길 5. 101동603호 (월계주공A). 010 -8833 -3154. barkilso@hanmail.net

박종해
1980년『세계의 문학』으로 등단. 시집「소리의 그물」외 10권. 이상화시인상, 성균문학상, 대구시협상, 한국예총예술대상 등 수상. 울산문협회장, 울산예총회장, 울산북구문화원장 역임. (우 44496) 울산 중구 남외로 60 푸르지오2차 206동 1003호. 010-2801-7545

서병진
호는 가산(嘉山), 경남 고성 출생. 교육부·교육청 장학사·감사관, 고등학교 교감·교장 역임
한국시사랑문학회·재경고성문인협회장, 국제PEN한국본부 이사, 한국문인협회 위원, 한국현대시인협회 지도위원, 청계문학회 고문 외 4곳. 국민훈장, 대한민국 문학명인대상, 대한민국 문화예술충효대상, 한국시문학대상 외 29회 수상. 시비 : 이파리 없는 나무도 숨은 쉰다, 저서 : 칼럼집, 수필집, 시집 9권. 04594 서울시 중구 동호로8길 42-1, 103호. 010-3861-6622. abajin@hanmail.net

성태진
월간『문학21』편집 주간 역임. 한국문인협회 감사. 한국현대시인협회 이사. 국제펜한국본부 이사. 04195 서울 마포구 백범로 199. 대우메트로디오빌 520호.
010-8231-3558

송죽 송흥호
대한민국예술협회 회원. 대한민국종합미술대전 입선 특선 동상. 대한민국미술대전 입선. 북경798한중현대미술전 대한민국예술협회전 등 출품. 현재, 조형아트공방, 풍경펜션 운영.
충북 단양군 가곡면 남한강로 1180-2 풍경펜션 010-9426-0334

신국현
문예창작대학 이사장 역임. G20국제미술협회 대회장 역임. 한국예술협회 회원. 코레아국제미술제 초대작가. 서울국제미술제 초대작가. 아세아국제미술제 초대작가. 상하이현대미술제, 아세아현대미술제 참가. 시집 「고뚜레」, 「만나고 싶은 사람」, 「계룡산」, 「꽃보다 아름다운」, 「성산의 품에 안겨」, 「솔바람 여운」, 「어머니는 웃고 있어도 속적삼은 젖고 있다」등. 새한국인문학상, 글사랑본상, 대한민국종합미술대전 문인화 부문 입상, 세계평화미술대전 문인화 부문 3회 특선
한반도미술대전 2회 특선. 서울 서초고 구효령로 35-9. 1층
010-6296-7344

신길우
본명 신경철, 수필가, 시인, 국어학자, 대학교수, 학장, 정년퇴임, 현재 한국문인협회와 국제PEN클럽한국본부 자문위원, 한국문학의강 문인협회 회장, 한국영상낭송회 회장, 국제적 종합문학지 〈문학의강〉 발행인 겸 편집인, 시집 〈남한강 연가〉, 수필집 〈차 한 잔의 행복〉 〈모기 사냥〉 등 14권, 중국어번역수필집 〈父親種下的樹(아버지가 심은 나무)〉 외 학술논저 다수. 010-3663-4671

신영옥
교육계 다년간 근무. 시인, 시집으로「산빛에 물들다_영역시」, 「스스로 깊어지는 강」, 「흙내음 그 흔적이」「오늘도 나를 부르는 소리」외 다수가 있음. 가곡작사 :「풀잎 -이안삼 곡」외 80여 곡.공동 CD 50여 곡, 군가 교가 등 작사, 한국문협, 국제 PEN, 현대시인협, 한국크리스천 문학협, 한국여성문학인협, 아동문학, 작사가협회, 저작권협회(음악 문학), 서울시단, 동작예총. 문화원 운영으로 활동. 한국가곡예술인상, 한국민족문학가협회상, 영랑 문학상, 허난설헌 문학상. 아동문학상 등 수상함. 07065 서울시 동작구 여의대방로 22길 565. 우성 아파트 17동 201호 / 010-7368-3622 / yoshin39@hanmail.net

심종숙
시인, 문학평론가, 한국외국어대학교 미네르바교양대학 강사, 한국외국어대학교 일본연구소 초빙연구원. 시 평론집 「니르바나와 케노시스에 이르는 길」번역서:일한번역 「바람의 교향악」「은하철도의 밤」「바람의 마타사부로/은하철도의 밤」공역으로 「일본명단편선」3, 4. 한일번역: 이목윤 개인시집 「귀택」, 그 외 공저 「960년대 시문학의 지형」「일본인의 삶과 종교」「문학, 일본의 문학」
서울 강북구 인수봉로 72길 31-44, 402호 010-4210-9984

안정규
개인전(2016년 경인미술관), 대한민국미술대전 초대작가 및 심사위원 역임. 전국휘호대회 초대작가. 경기·경북 미술대전 초대작가 및 심사위원 역임. 서예예술대전 캘리그라피 심사위원장 역임. 하남시 미술협회 운영위원장 역임. 한국예술평론가협의회 주최 심사위원 선정 특별예술가상 수상(2016). 경기도 하남시 신장로 140 (2층) 화음서실. 010-3380-9107

엄창섭
강릉출생, 「화홍시단」발행인(1966), 「시문학」출신, 시집에 「비탈」(1968), 한국시문학회 회장, 현재 가톨릭관동대 명예교수, 국제펜클럽한국본부 고문, 월간 「모던포엠」 주간, 사) k-정나눔 이사장.

오영록

강원도 횡성 출생. 다시올문학 신인상. 문학일보 신춘문예. 청계천문학상수상. 한국문인협회회원. 숭례문 백일장 입상 제17회 의정부전국문학공모전 운문부문 장원. 제2회 경북일보전국문학공모전 시 부문 입상 제16회 산림문화전국공모전 시 부문 동상. 2017 경기도 전용서체 공개기념 SNS 시(詩) 공모전 대상. 2018 머니투데이 신춘문예, 시와 그리움이 있는 마을 동인, 빈터동인. 전망동인. 탄천문학동인. 시집 :「빗방울들의 수다」(성남시 창작지원금 수혜)
공저:「슬픔의 각도」 외 다수, (우) 461-825 경기도 성남시 수정구 남문로 98 (031)722-2159. 010-3254-2159. cy3213@hanmail.net

유기흥

세종특별자치시 새롬남로 98 새뜸마을 9단지 905동 1902호
010-5812-3733 yookihung@hanmail.net
군 생활 23년(육군소령 전역), 현재는 대학교 교직원으로 14년차 근무 중.

유재남

한국문인협회 · 한국시예협회 회원, 시예협회 심사위원.「문학공간」 시 등단「수필과 비평」 수필 등단. 시집 :「그대 곁에 비가 내려도」「아리랑연가」 외 다수

유지희

1998년 한맥문학으로 등단. 시집「불간목련」외 3권 서포문학상, 후백 황금찬 문학상 수상
서대문문인협회 부회장. 서울 서대문구 통일로 34길 46, 110동 204호(홍제동 인왕산현대아파트) 010-3362-9672

윤고영

경북 영일 생. 조선문학 지도위원, 예도시동인 회장, 서울경기 시동인 연합대표, 한국문인협회 회원,한국펜 이사
서울 강남구 수서동 광평로 51길 49 수서주공아파트 101동 611호, 010-8003-3376

윤성도

사진작가 (한국사진작가협회 자문위원). 수협중앙회 근무. 월간 '우리바다' 편집장. MBC 다큐멘터리 '갯벌은 살아있다' 제작 자문. MBC 생방송 화제집중 '윤성도의 바다이야기' 리포터. 대한민국 환경영화제 '살아있는 갯벌' 대상(환경부장관상) 수상(2009), 월간 '낚시춘추' 어촌, 수산물 관련 글/사진 82회 연재. 월간 '현대해양' 어촌, 수산전통식 관련 글/사진 132회 연재. 우리바다 본고장에서 맛보는 별미(다른세상)글/사진(공저/2002)어촌 View Point 100선(한국어촌어항협회) 글/사진 (공저/2012). 귀어귀촌 사례집(한국어촌어항협회) 글/사진(2017). 대한민국 환경영상협회 전문위원(현재). 동아일보 채널A 스마트 리포터(현재).
경기도 남양주시 천마산로 25(호평1차 대명루첸아파트) 109-1603, 010-5207-9291

이말영
아호는 백설(白雪), 경남 고성 출생. 중앙대학교 가정교육학과 졸업. 이화여자대학교 교육대학원 졸업. 교육부 교육연구사, 수락고등학교장 역임. 서울문학 시 부문 등단. 재경고성문인협회원, 서울문학 이사. 홍조근정훈장 수여.

의진 이순화
한국화가, (사)한국미술협회 이사, 신미술 초대작가, 독산동 및 대림동 문인화 강사 출강. 한국미술협회 동작지부 총무이사역임. 도우제 총회장 역임. 대한민국 문인화 휘호대전 심사위원, 대한민국명인미술대전 사무국장, 금천 서예가협회 상임부회장, 서울미술협회회원. 대한민국 서예 문인화 대전 운영 및 심사위원. 제6회 개인전(경인미술관 제1전시실 1, 2층) 한국미술관. 일본 오사카. 세계평화 미술대전 초대작가, 대한민국 서예문인화대전 신사위원.
08618 서울 금천구 독산로55길 21, 010-9002-8677

이시환(1957 ~   )
시인/문학평론가. 1980년 개인시집 「그 빈자리」를 펴내고, 1987년 계간 「시와 의식」지에서 시 부문 신인상과 1989년 「월간문학」지에서 평론부문 신인상을 수상하여 문단에 처음 소개됨. 시집 : 「안암동 日記」(1992), 「애인여래」(2006), 「몽산포 밤바다」(2012) 외 9권
시선집 : 「벌판에 서서」(2002). 영역시집: 「Shantytown and The Buddha」(2003) 이 시집은 2007년 5월에 캐나다 몬트리올 '웨스트마운트' 도서관에서 소장하기로 심의 결정되었음. 중역시집 : 「벌판에 서서」(2004) 이 시집은 중국 북경 소재 '중국화평출판사'와 중국 장춘 소재 '장백산 문학사'에서 기증하여 중국 내 유명 도서관 약 100여 곳에 비치되어 있음. 문학평론집 :①毒舌의 香氣(1993) ②新詩學派宣言(1994) ③自然을 꿈꾸는 文明(1996) ④ 호도까기-批評의 無知와 眞實(1998) ⑤눈과 그릇(2000) ⑥명시감상(2000) ⑦비평의 자유로움과 가벼움을 위하여(2002) ⑧문학의 텃밭 가꾸기(2007) ⑨명시감상과 시작법상의 근본문제(2010). 심층여행 에세이집 : ① 시간의 수레를 타고(2008) ②지중해 연안 7개국 여행기「산책」(2010) ③여행도 수행(修行)이다(2014) ④馬踏飛燕(마답비연) 등이 있음. 종교적 에세이집 : ①신은 말하지 않으나 인간이 말할 뿐이다(2009) ②경전분석을 통해서 본 예수교의 실상과 허상(2012) : ①의 개정증보판임(896페이지) ③썩은 지식의 부자와 작은 실천(2017) 등이 있음. 논픽션 : ①신과 동거중인 여자(2012). 기타 : ①주머니 속의 명상법(2013). 편저 : ①한·일전후세대 100인 시선집 「푸른 그리움」 양국 동시 출판(1995) ②「시인이 시인에게 주는 편지」(1997). 이시환의 시집과 문학평론집을 읽고 문학인들이 보낸 편지를 모은 책 ③고인돌 앤솔러지「말하는 돌」(2002) ④독도 앤솔러지「내 마음 속의 독도」(2005) ⑤연꽃 앤솔러지「연꽃과 연꽃 사이」(2008). 문학상 수상 : ①한국문학평론가협회상 비평 부문 ②한맥문학상 평론부문 ③설송문학상 평론 부문 등 수상 ④한국예술평론가협회 올해의 최우수예술평론가상 등 수상. 이시환의 문학세계를 조명한 책이 3종이나 있는데, ①12명의 문학인이 참여한 「바람 사막 꽃 바다」(2015, 400쪽), ②심종숙 문학평론가의 개인저서「니르바나와 케노시스에 이르는 길」(2016, 576쪽), ③20명의 문학인과 애독자 등이 참여한 「그래도 들꽃을 피우는 박토」(2017, 360쪽) 등이 그것이다. 이들은 이시환의 문학평론집을 제외한 시집과 여행기와 종교적 에세이집 등 기타 저서를 읽고 집필한 평문 감상문 등으로 짜여 있다. 현재 : 격월간 「동방문학」 발행인 겸 편집인, 도서출판 '신세림' 주간. 010-9916-1975, 02-2264-1975(O) dongbangsi@hanmail.net 서울 중구 창경궁로 6. 702호(충무로 5가 부성빌딩)

이유걸
동방문학 시 부문 등단. 시산회원 시산 문학상 수상. 문인협회 회원 한국가곡작사가협회 회원. 시집 : 「초목도 존엄이 있다」. 산문집 : 「서달산」
서울시 서초구 신반포로 15길 19, 109동 1104호, 010-8911-2840

이유식

약력: 아호 靑多. 『현대문학』등단(1961). 세종대 박사과정 수료. 배화여대 교수 정년퇴임. 하동 평사리토지문학제 추진위원장 역임. 현)한국문인협회/국제펜클럽한국본부/한국문학비평가협회고문. 현대문학상, 예총예술문화대상, 한국문학상, 남명(조식)문학상, 국제펜클럽 펜문학 공로상 등 다수 수상. 평론집『반세기 한국문학의 조망』외 10여권. 수필집『세월에 인생을 도박하고』외 10여권. 그 외 평전 및 기획 편저 등 도합 30여권.
서울시 강남구 영동대로85길 17-9, 202호 (대치동, 화인하이빌아파트)

이유진

시인, 전기작가. 전) 휘문 중학교 교사, 한국예술신학대학교수, 재외동포재단 자문위원, (사단법인)민족평화협회 이사장, (사단법인) 국제환경문화운동본부 총재 역임. 현재, 사단법인 한미문화협회 창립 부이사장, (사단법인)한국문협 해외교류위원, 기독교시 러시아 국립극동연합대학 명예문학박사. 경기도 용인시 수지구 만현로79 현대아이파크 아파트 501동204호, 010-4879-2152

이주철

부여 태생. 한맥문학 등단. 한국시협회 회원. 한국문인협회 회원. 소재가훈연구소 소장. 보성스모크 대표. 호당 이주철
010-6325-8421 / food5555@naver.com 서울 서초구 청두곶8길 42-10(방배동)

이창우

아호:碧溪. 경북 문경(점촌)출생. 휘문고등학교 졸업, 단국대학교 행정대학원(행정학 석사), 서울시립대학교 도시과학대학원(사회복지학 석사). 월간『시사문단』등단(2003년). 한국문인협회 회원, 국제펜클럽 한국본부 회원, 동대문인협회 부회장, 표암문학회 회원 등. 前 서울시 강남구청 국장(서기관), 녹조근정훈장(제 51218호) 수상(2012. 6.30). 시집『나를 실은 돛단배』(2005),『고향은 나를 급하게 한다』(2008). 편저 시집『우리들의 삶의 공간』(2003년)『蘇예의 길』(2009) 등. 동인지『상처 많은 풀이 향기롭다』『푸른 5월의 향기』『시와 에세이2』등 다수
010-2434-8412 oneightnine@hanmail.net 서울시 성북구 장월로 105(장위동) 승경빌딩 4층

이칭찬

강원대학교 명예교수. 사단법인 춘소학술연구소 이사장. 대한인성학회장.
강원도 춘천시 후석로 325 포스코 아파트. 101동1103호

몽재/평암 이현준(당호 노설헌)

서예가, 대한민국 현대미술전 초대작가, 동양서도학회, 요미우리 신문사초청 한·중·일 중견서예가 초대전. (사)대한민국문화미술협회 이사. 하나로 갤러리초청 신맥모더니즘전 초대작가(서예분과) 한·중·일 초대작가 페스티벌. 대한민국 문화미술대전 심사(서예, 전각)초대작가. 팔만대장경 출제 초대작가전(합천팔만대장경 축제현장, 해인사). 현재 : 한국예술협회 고문. 03488 서울 은평구 수색로 18길 37-10 1층, 010-2934-2123

이효녕
명예문학박사·시인·소설가. 한국문인협회·한국현대시인협회·국제펜클럽 한국본부·한국소설가
협회·한맥문학가협회 상임자문위원·한국서정문인협회 고문(회장 역임)·타래시동인회 회장. 개인
시집: 『언제나 보고 싶은 사람』 등 20권. 공동시집: 『바람이 시를 쓴다』 등 20권. 소설집: 『그래도
갈대는 흔들린다』 등 3권. 수상: 한맥문학상 본상·경기문학상 본상·한하운문학상 대상·노천명문학
상 대상·서포문학상 대상·고양시문화상(예술부문)
경기도 파주시 송학 2길 38-73 로얄스위트홈 101동 102호, 010-7762-8986

장석용
시인, 영화평론가, 한국예술평론가협의회 회장, 한국영화평론가협회 회장 역임, '시와 함께'에 영
상시를 게재한 이래, 클래식 작사가로 활동하며, '동방문학', '글로벌 이코노믹'에 시를 발표하고
있으며, 대종상영화제, 이태리 황금금배상, 부산국제영화제, 다카국제영화제, 카트만두 국제영화
제 등에 심사위원으로 참가하였다. 중앙대, 동국대에서 연극영화를 전공했으며, 동국대 문화예술
대학원을 거쳐, 현재 서경대 대학원에서 문예비평론을 가르치고 있다.
서울특별시 도봉구 해등로 242-12, 102동 1405호(쌍문동, 현대아파트)
010-3782-3249 changpau@hanmail.net

장인성
미당 서정주 시인의 추천으로 등단한 뒤 『굿시』, 『강화시첩』 등 8권의 시집과 『논술지침서』 『해학사
전』 『암자기행』 『강화 나들길 이야기』 등 8권의 인문서 또는 전통문화기행집을 출판하였다. 강원도
의 탄광지대였던 영월-정선-태백-삼척으로 이어진 옛 운탄로(運炭路)를 트레킹코스로 개발할 때
스토리텔링 작업을 맡아 『하늘길 이야기』를 완성했다. 부산의 '아바구길'에 깔아놓은 이야기도 장
인성의 작품이다. 서울송파문예원장, 한국청소년교육연구소 사무총장, 국회사무처 교육문화특보
등을 역임한 뒤 강화도로 이주하여 고려시대 대 문장가였던 이규보문학관을 설립 중에 있다. 강화
군 길상면 길직리 까치골길 72-17 010 - 9084- 8630

장주서(1950 ~)
중국 길림시 출생. 퇴직 교사. 영등포구 신길 4동. 010-3462-2979

장후용
ACADCD INSTITUTE COLLEGE 중독상담학박사. Association of Christian Alcohl & Drug
Counselors. 2013년 한국을 이끄는 혁신리더 33인 大賞. 2013 올해의 新한국인 大賞. 2006 세
계환경문학신인상등단. 2013년 세계환경문학 大賞. 한국문인협회정회원. 한국가곡작사가협회.
아태문인협회. 양천문인협회 이사. 김포시 양촌읍 양곡3로. 010-8819-0191

松浠 정상엽(鄭祥燁)
LIFE스튜디오 대표(충무로). 食品工學士. 삼양식품공업(주) R&D. 대한종합식품(주) R&D. 벽산
그룹KGF기획부장. 대우자동차 1차협력회사 남일물산(주) 대표. (사)한국 사진작가협회 이사장상
(금상) 등 25회 이상. 대한민국 예총 회장상. 한국예술협회 기획편집국장. 현재, (사)한국 사진작가
협회 정회원. 한국예술협회 사진 분과 위원. 서울특별시 서대문구 서소문로 43-8. 102동 1202호
(합동SK뷰아파트), 010-6292-3048

정정길(鄭正吉)
아호: 백리(柏里) 한국문인협회 회원. 동대문문학회 이사. 도우제 고문. (사)국제미술작가협회 문예위원장. 한국예술협회 이사. 시집 : 『연분홍 빛 파도를 타고』 등 10권. 작은 시집: 『품앗이동행』 등 2권. 공저 : 서평집 『그래도 풀꽃들을 피우는 박토』. 대통령상 수상. 경기도 이천시 부발읍 경충대로 2092번길 39-19. 하이클래스604호. 010-2487-0303 jjk4851@hanmail.net

조철규
1980년 불교신문신춘문예 당선. 저서: 가난한 행복 외 다수. 현, 산중문학관 안거
010-5389-7824

최봉호(Ben Choi)
〈현〉애국지사기념사업회(캐나다) 총무이사. 캐나다 4개 동포 언론사에서 편집인, 주필, 논설 자문위원 등을 역임하면서 칼럼리스트로 활동함. 한국신시학회 등 6개 협회의 회원으로 시인의 집, 백지문학회(캐나다) 외 3개의 동아리에서 동인으로 활동했음. 전국문예경연대회 장원 외 6개 문학상 수상함. 시집으로 『빈 잔에 떠도는 손짓 하나』, 『이민일기』, 『그리운 나의 도둑고양이』등이 있고, 공저로 한국의 대표 서정시인 17인집 『단 둘이 숲이 되고 바람이 되어』, 『얼음이 온 다음 날』 『애국지사들의 이야기·1』가 있음. 경기도 김포 출생, 623-35 Park Home Ave North York Ontario M2N 5W4 Canada / bong3660@gmail.com (416) 333-3660

문천 최장규
한국화가. 대한민국 국제미술대전 최우수상, 초대작가. 대한민국종합미술대전 우수상. 최우수상. 초대작가. 한, 중 서화미술대전 대상(서예. 문인화). 한국서화 예술대전 입, 특선 다수 초대작가. 대한미국 미술대전 입선 수회(미협). 한국미술협회 경기지회 입, 특선 다수. 초대작가. 대한민국 미술전람회 입, 특선. 대한민국 문인화 대전 입 특선. 목우공모전. 도솔미술대전 입. 특선 다수. 동백서화미술대전 입,특선 다수. 대한민국 서화예술대전 심사위원장 역임. 중국혁명박물관에 작품소장(서예. 문인화). 한국미술협회 회원. 시각 미술원(서예연구실) 운영. 12704 경기도 광주시 남한산성면 솔치길 6-9, 010-5385-7565

석저(石渚) 추진호(秋珍鎬)
대한민국 미술대전 초대작가(서예). 대한민국 미술대전 서예심사위원장 역임. 대구·경북·경남·부산·울산·대전·경기·광주·전북·인천·강원·제주도전 등 심사위원장 역임. 대백프라자 포스코 갤러리 기획초대 개인전. 2016년 올해의 최우수예술가상 수상(한국예술평론가협의회). 석저 서예연구원 운영. 대구광역시 중구 국채보상로 99길 10 태화빌딩 4층, 010-3546-2824 053-954-6711(서실)

하순명
한국공무원문인협회 회장. 국제펜한국본부이사, 한국문협 문인저작권옹호위원, 한국시인협회회원 서울교원문학회이사. 시집 『밤새도록 아침이 와도』 『나무가 되다』 『산도産道』 외. 교단에세이 『연둣빛 소묘』. 논문 『辛夕汀詩研究』 『현장교육연구논문』 다수. 『중앙일보』『동아일보』『경향신문』에 시와 산문 발표. 허난설헌문학상, 세계문학상, 공무원문학상, 서초문학상. 모범공무원상. 홍조근정훈장. 광주교대 자랑스러운 동문상 수상
(우) 06520 서울시 서초구 잠원로 88, 301동 201호(잠원동, 신반포 한신7차아파트)

한상철
(사) 한국문인협회 회원. 한국시조시인협회 회원. 한시집 『北窓』. 풍치시조집 『名勝譜』.
(우) 01318 서울특별시 도봉구 도봉로 180가길32 중흥아파트 101동 710호
hsc9381@hanmail.net. 010-8713-8481

황두승
문학세계 신인문학상 수상 등단(2005년). 시집 『혁명가들에게 고함』(2005년) 『나의 기도문 – 진화와 혁명에 대한 성찰』(2010년). 『고상한 혁명』(2015년) 시선집 『혁명시학』(2015년)
경기도 고양시 일산동구 산두로 228(503동 101호). 010-6232-0287

황여정
대구문인협회 회원, 경산문인협회 이사, 한국예술가곡연합회 이사, 시집 〈내 마음의 다락방〉(2009.신세림), 가곡작시 〈물한리 만추〉〈아름다운 섬진강〉 외 20곡, (전) 초등학교 교장
38597 경북 경산시 백양로 181,505동 1503호(사동 그린마을). 010-4501-5850

바닷모래 채취금지를 위한 우리들의 합창

생명의 근원 바다여 영원하라

초 판 인 쇄	2018년 03월 15일
초 판 발 행	2018년 03월 20일

지 은 이	이시환 외 71인의 문학·예술인이 함께 지음
편집디자인	주식회사 원일커뮤니케이션
펴 낸 이	이혜숙
펴 낸 곳	신세림출판사
등 록 일	1991년 12월 24일 제2-1298호

04559 서울특별시 중구 창경궁로 6, 702호(충무로5가, 부성빌딩)

전 화	02-2264-1972
팩 스	02-2264-1973
E-mail	shinselim72@hanmail.net

정가 25,000원

ISBN 978-89-5800-195-9, 03810